美人尖

MEIRENJIAN

侯德云 /

著

百花洲文艺出版社
BAIHUAZHOU LITERATURE AND ART PRESS

图书在版编目（CIP）数据

美人尖 / 侯德云著. — 南昌：百花洲文艺出版社，2023.10
ISBN 978-7-5500-5187-4

Ⅰ.①美… Ⅱ.①侯… Ⅲ.①笔记小说－小说集－中国－当代 Ⅳ.①I247.82

中国国家版本馆CIP数据核字（2023）第105615号

美人尖

侯德云　著

出 版 人	陈　波	
总 策 划	张　越	
责任编辑	李梦琦　万思雨	
书籍设计	方　方	
制　　作	周璐敏	
出版发行	百花洲文艺出版社	
社　　址	南昌市红谷滩区世贸路898号博能中心一期A座20楼	
邮　　编	330038	
经　　销	全国新华书店	
印　　刷	湖北金港彩印有限公司	
开　　本	787mm×1092mm 1/32　　印张 8.375	
版　　次	2023年10月第1版	
印　　次	2023年10月第1次印刷	
字　　数	180千字	
书　　号	ISBN 978-7-5500-5187-4	
定　　价	38.00元	

赣版权登字 05-2023-289

邮购联系　0791-86895108
网　址　http://www.bhzwy.com
图书若有印装错误，影响阅读，可向承印厂联系调换。

目
录

柳先生和小黑

柳先生是瓦城有名的前辈文士，更是我亦师亦友的忘年交。老人家十年前退休了。退了弄啥呢？没等我替他想出办法，他自个儿先想出来了，弃文从武，拜人为师，到抱龙山上练拳去了。不是"义和拳"，他说，叫个什么大成拳。

瓦城人知道抱龙山的很少，大多叫西山。以主城区的坐标而论，山确实在西边，叫西山也无不可。不料时间久了，小名取代大号，弄得天下人皆知西施而不知施夷光。

每年春秋两季，我常到抱龙山上去。最多时一天两次，一次迎着朝霞，一次追着夕阳，步行上班或下班。这样，将行路与健身合二为一，累计二十余年矣。

我熟识抱龙山，就像熟识柳先生一样。

抱龙山从早到晚游人如织：有暴走的，有漫步的，有跳绳的，有跳舞的，有荡秋千的，有打麻将的，有抡鞭子的，有遛狗的，有吹唢呐的，有吹胡子瞪眼的，有眉来眼去的，有搂搂抱抱的……老老少少，男男女女，都是寂寞的或不甘寂寞的灵魂。

柳先生主要是来练拳。说是练拳，可我从未见他出拳。人家影视中的武人，都是嗖嗖嗖地挥拳头，且伴以闪转腾挪，动作快得很。你柳先生怎么搞的嘛？

柳先生白了我一眼：你懂什么？这叫站桩！

嗨，咱不闹好不好？两脚分开，与双肩同宽，屈膝，站立不动，两手像括号一样端在胸前，也一动不动。站个什么桩呀，显然是抱西瓜嘛。

抱西瓜就抱西瓜，柳先生脾气好，我说什么他都不恼。

从此手机里我经常这样跟柳先生打招呼：今天抱西瓜了没有？或者：正在抱西瓜？

没想到经常抱西瓜的柳先生竟然在抱龙山上闹出一场"婚外恋"。恋爱的对象叫小黑。小黑爱吃花生，最好是带壳的那种，先生于是成包成包买花生。

柳先生以前是每天去一次抱龙山，现在有了小黑，改成每天去两次。老伴得知其中原委，想插嘴，哪承想只开了个头，先生的眼睛便瞪得老大，喘气都粗了。老伴吓得一哆嗦，从此不闻不问。

小黑的家就在抱龙山。

小黑是一只松鼠，黑松鼠。

抱龙山上有很多松鼠。棕色、黄色、灰色、黑色，都有。我常看到。不过我看到的松鼠，听到脚步声，噌一下都没影了。古灵精怪得很，警惕得很。

谁能想到柳先生竟然跟一只松鼠好上了呢？好到除了下雨下雪天气，他都要来抱龙山看小黑。

抱龙山上有很多练功场，都由人工平整夯实而成。大多是椭圆形，也有近于长方形或正方形的，十几平方米到六七十平方米不等。有的安装了单双杠或别的室外健身器材，有的吊起了拳击沙袋。最奢华的一个，安了电灯。

柳先生师徒名下的练功场，不算最奢华，但也很上档次。主要特点是面积比较大，有六十几平方米，周边大多是二十几米高的柞树和洋槐。五月槐花香，先生在树下抱西瓜，心里香得不行不行。

我问过柳先生，你跟小黑的初恋，是怎么一种情况？

柳先生抿着嘴笑了。

柳先生喜茶，每日上山，都携带一大杯茶。常见的保温杯，差不多能装一斤水的那种。先生的茶点，是少许炒花生之类的小食品。

柳先生来到练功场，先把保温杯和炒花生放到一块岩石上，然后开始抱西瓜。

连续几次，柳先生小憩时，发现保温杯还在，炒花生却没了。

柳先生长了心眼，再去，他掉转方向，冲着岩石抱西瓜。就这样，小黑被他发现了。就这样，他的花生越买越多。

柳先生跟我这样说小黑：你说它傻不傻啊，它把花生往草丛石缝里东藏一颗西藏一颗，可刚离开，就被别的松鼠给偷了……

我听了哈哈大笑。

柳先生师徒都认识小黑。小黑也认识他们中的每一个。不过奇怪的是，小黑只跟柳先生一人亲近，对其他人则稍稍远之。

柳先生给我发过一个视频，看得我心里一阵阵发热。

柳先生坐在树下，平伸手臂，掌上托着几颗花生。小黑从镜头外闯入，一跳，跳到先生肩膀上，再沿着胳膊一蹿，跃上手掌，迅速叼起一颗花生，一边剥壳，一边冲柳先生作揖。先生满脸笑意。视频的背景里，有缤纷的秋色。

隆冬时节的一天黄昏，柳先生约我小酌，地点定在抱龙山下的万利小酒馆。我应邀而至。推门，看见先生将两只胳膊平铺在餐桌上，脑门枕着手臂，听见门响才抬头。

我吓一跳。我看见柳先生的眼圈很红很红，还听见他对我说：小黑不见了……

那天在酒桌上柳先生和我谈的全是小黑。小黑七天前不见了，先生找了它七天，直到听人说，前些日子有外地人专门来山上打松鼠，这才死了心。

柳先生说：小黑，八成是不在了。说完重重地叹一口气。

随后柳先生喋喋地说起小黑的种种逸事：小黑在柞树上跟一对喜鹊打架，连打三天，把喜鹊羽毛薅掉好几片，愣是把它们撵到别处安家；小黑淘气，经常把柳先生的提包拉链拉开，看看里边装些什么；有人跟小黑开玩笑，递香烟给它，小黑不知何物，吓得飞快跑掉，回头趁那人不注意，把他整包的香烟叼上树，撕开包装，噼里啪啦往下扔……

说这话的时候，柳先生一会儿哭一会儿笑，神经兮兮的。

干了最后一口酒，柳先生说：明天开始，不站桩了，我要出拳！

接着又说：大成拳，也叫意拳，想打谁就打谁，厉害得很。

柳先生说完，在我面前使劲晃了一下拳头。

柳先生年逾七旬，白发如霜，拳上青筋暴跳。

步友老周

能特立独行，自个儿跟自个儿玩一辈子的人，或许有，可惜我不认得。伯牙善鼓琴，那也得有钟子期会听才行，峨峨兮，洋洋兮，巍巍乎，汤汤乎，即便高山流水，也需友人在侧，否则只好破琴绝弦，彻底哑住。

老侯一介俗人，自幼及长，及渐至老境，无论何时，都离不开友情陪伴，而友情，大多跟爱好相关，好学有书友，好酒有酒友，好茶有茶友，爱打牌，有牌友，爱散步，有步友。

老周是我的亲密步友。

老周酷爱散步。清晨，或黄昏，随便什么时候，你约他，只要有空，他一定赴约。

老周约我的次数，远远多于我约他。

老周曾对我说，老侯，你得加强锻炼，别整天闷在家里，把自己憋成豆芽菜。

老周说的锻炼，就是散步。当然，也包括爬山。只不过，近处的山，差不多都修了缓缓的健身步道，说"爬"，太夸张，实际上还是散步。

我和老周，常去的山，有抱龙山、东屏山、南山，还有几处不知名的小丘。去得最多的，是抱龙山。

围绕抱龙山，有三个以抱龙命名的住宅小区，东南角的抱龙山庄，西侧的抱龙明珠，以及西北角的抱龙风景。

老周住在抱龙风景。我的住地，在他前边，不好意思抱龙，叫个让人颇费思量的"圣嘉美地"。

我唠唠叨叨说这些，不是给谁站台，多卖多买几栋楼。卖不卖，买不买，跟我一点关系都没有。我说这些，只是为了表明，我和老周，从家里出来，去抱龙山，一定要穿过抱龙明珠，才上得去。

我经常越过抱龙山，步行上下班。老周也是。故而，我和老周，并不总是同时出现在抱龙山上，但行走路线几乎一致，他途中所见，也是我的所见。

从抱龙明珠到抱龙山山腰的缓步平台，是一排七八米宽的台阶，分四段，每段十二级，总共四十八级。四平八稳，很好。人活一辈子，谁不盼个四平八稳。

从山腰的缓步平台，往靠近峰顶的缓步平台上走，共有三条途径。最北的一条，也是最宽的一条，像半个括号，呈曲线状，路边有修剪整齐的各色花木。居中的一条，呈S状。南边的一条，也呈S状。两个S外边，都是树。以柞树、松树、椿树、国槐、洋槐为主，间杂其他树种。可喜的是，有一棵高大的棠梨婆娑其间，花期，白得耀眼。古诗中说，"老树着花无丑枝"，是大实话。

南边的S，与上端缓步平台衔接之处，有两棵手腕粗的紫花槐。某日，我跟老周聊天，聊小时候我跟兔子一起争吃槐花的窘事，正聊到兴头上，老周突然指着它们俩，说，这两棵都是紫花槐。

我知道是紫花槐。我见过它们开花的样子。更何况，紫花槐和普通的洋槐，即便不在花期，即便脱光叶子，我也能分辨出来。

抱龙山上紫花槐不多，只在西侧山腰缓步平台的南边，簇拥着一小片，别处难得一见，这两棵，瞅着有点突兀。

我的思绪还缠绕在兔子和槐花身上，一时弄不清老周的意图，随口应付他一句，紫花槐有毒，不能吃，最好也别给兔子吃。

老周不理我的话茬，自顾自说道，这两棵紫花槐，是他栽的。

咦？我停下脚步，扭头，瞅着老周，说，为什么，在这里栽树？

有空地嘛，瞅着心里不舒服，就栽了。老周说。

老周还说他一共栽了十几棵树苗，只活了这两棵，其他都被羊吃了。

抱龙山上有人放羊，我遇到过多次，想必老周也遇到过。

老周对羊吃树苗的事，很是愤愤。我只好放下童年的兔子和槐花，把话语权交给老周。

老周说，栽树之后，有段时间，他提着小水桶上班，给树苗浇水。下班，再提一桶。后来不用浇水，可是几天没来，会突然想起侥幸存活的这两棵，赶紧上山来看，见它们安然无恙，才放心。

我暗中感慨，没想到，老周心里，藏着别样的情趣。

上周日，天气明显变暖，下午，我和老周，沐着南风，去南山走了一圈。瓦城的南山公园，上过吉尼斯世界纪录，拥有世界最长的城市健身步道，走小圈，一万三千步，大圈，两万步。春夏秋三季，常有暴走团，排成几路纵队，伴着音乐，呼呼哈哈地疾行，壮男靓女，穿着花哨，很是惹人注目。

蛰伏一冬，倘若运动量太大，我怕吃不消，于是建议，走小圈。老周随声附和。可即便走小圈，将要结束时，我也有微微的疲劳感。

下山途中，老周说，他在这山上，栽过几棵松树，可惜，浇水不及时，没活。

听得出来，老周的话里，有明显的无奈。

回家路上，走到北环路南段，老周突然说，前面几个花坛，有几棵自生的椿树：铭记酒店前边，一棵；盛京银行前边，一棵；相析书店前边，一棵……

一路走去，果然看到几棵脚腕粗的椿树。我猜，它们很可能是兄弟姐妹。椿树的翅果，能在风中飞，某天，它们结伴飞来，幸运的几枚，落进花坛，生根发芽。

一棵，一棵，一棵，都查验无误，老周很是兴奋，说，老侯，过几天，咱们一起，去弄些椿树苗回来，好不好?

我说，椿树皮实，好活，姿态潇洒，你这主意不赖。

老周闻言，咧着嘴笑。

回到家，我掏出手机，把老周的微信名号，改为"周树痴"。这事由不得他，他同意不同意，都得改。

相聚缘面馆

离单位不远，有一家面馆，叫相聚缘。卖各种面。单位里几个人，经常结伴去吃。有时我也去。不大的店面，紧巴巴摆了十张小方桌。一张桌坐俩人，挺宽松；坐四个，挤得慌。

老板姓吴，我们叫他老吴。

我第一次去，随便点了一个砂锅手撕面。面条很宽，乍一看，跟刀削面有些类似。

我以前爱吃刀削面，但很奇怪，附近凡是卖过刀削面的小饭馆，都陆续倒闭了。相聚缘卖各种面，偏偏不卖刀削面，什么原因，不好乱猜。我也不问。为什么要问呢？

老吴的砂锅手撕面相当不错，甚至，比我以前吃的刀削面还要好。砂锅里边内容丰富啊。除了面条，还有豆腐皮，油菜或者小白菜，海带丝儿，豆芽，金针菇。我不大喜欢金针菇，那就拿掉。拿掉不能白拿掉，老吴又多添了点豆腐皮和海带丝儿。

第一次吃手撕面，在同事老高的指导下，加了一小勺辣椒油。微辣。绝了！再去，面不舍得改，包括一小勺辣椒油也不改，一直吃吃吃，吃到现在。

作家阿成说他吃刀削面，要加老醋，加蒜末，加酱油，我吃老吴的手撕面，只加辣椒油。同样的热汗，同样的瘾头。

同事老高一连吃了两年肉酱面，之后才偶尔吃一碗大肉面。让人费解的是，有时双休日，他要走老远的路，或者开车，赶到相聚缘，吃一碗肉酱面。

同事小孙总是吃蔬菜面。蔬菜面里的蔬菜，以豆芽为主，女孩子喜欢。多苗条的身段呀。小孙可能是吃多了蔬菜面，身段俏似豆芽，你瞅一眼试试，视野立马变窄……这是题外话，不说了啊，再说小孙该噘嘴了。

各自的面端上来，都不说话，低头喝汤。每人手中一个小碗，用小碗喝。先喝一碗，或者两碗，让胃舒坦一会儿，再开吃。

相聚缘面馆的食客，绝大部分是连面带汤一扫光。我也是。

老吴的面汤，那叫一个好。据说是用十三味中草药熬制而成。大冬天，几口下去，额上的汗，便沁人心脾地冒出来，浑身上下，有种说不清道不明的舒畅。夏天不用说，汗水如泉水般汩汩而出，痛快痛快。

今年夏天，老吴为了照顾那些不大喜欢冒汗的食客，推出一款凉拌面。应了小品里的一句话，卤子不要钱。老吴制作的卤子，有六七种之多。老高赶时髦，吃了几次凉拌面，再三咂嘴，说老吴的橙汁蒜泥，啧啧，味道好极了。

跟老吴混熟了，有时会聊聊天。他很客气，总叫我“侯老师”。

聊的次数多了，便知道了老吴的一些往事。

首先知道，老吴一家，是从黑龙江北部的一个农业县迁徙到辽东半岛的。先到大连做事，后来定居瓦城。

老吴说，老家那边，冬天冷啊。

我说，出门尿尿，得拿一根棍是不是？

话音刚落，老吴和我，同时朗声大笑。

一根棍，是老辈人传下来的笑谈。我小时候就听说了。说北边，吉林、黑龙江，冬天冷到什么程度呢？出门尿尿得拿棍，边尿边敲，不敲会冻住。哈哈。

其次知道，老吴体质好，有力气，会武功。

老吴的面馆不提供早餐。一顿午餐，一顿晚餐，就够他累的。一天下来，卖掉一口袋白面哪，五十斤干面粉。别的不说，就和面一项，你试试看，两大盆的活儿，你扛得住？

有时中午去得早，我会看见老吴躲在北窗下面，支棱着膝盖，仰面躺着休息。身下是四只小方凳。

老吴每天早晨六点上山，活动活动筋骨，练练功。

会武功这事，给老吴惹过麻烦。头些年，老吴在别处，也是开面馆。有好汉常来骚扰，吃完面，往汤里扔一只死苍蝇，然后嚷嚷开来。一次忍，两次忍，三次五次，忍无可忍。老吴火了，嗖的一拳，出手快，还狠，打得好汉鼻孔开花。嗖嗖又两拳，花开得更加灿烂。送医院一查，得，重伤……这是老吴的一个心结，他不愿意多说，不说就算了。

老吴还有一个让我高看一眼的爱好，看书。某日上午，我从面馆窗外走过，看见老吴坐在临街的窗边看书。我敲敲窗，他扭头冲我笑。我指指他的书，他把封面亮给我看。我吃一惊，是文学哎，不由得心里一动。

我的工作单位是文联。这种单位，要钱没有，要权更没有，要书，不能没有。于是，我写的，我编的，文友赠送的，等等，各渠道弄来的书和报刊，陆续给老吴送了不少。老吴高兴。不光自己看，还在面馆的墙角，立起一面小书架，把那些报刊，包括他自己的部分珍藏，都摆在上面，向食客开放。

我从书架上抽出一本《那时候我们长尾巴》给老高看。老高抿着嘴笑。啥也别说了，你瞅瞅"侯老师"的这本书，让老吴给"看"成什么样子，封面软绵绵，很像手撕面嘛。嗨，这个老吴。

相聚缘面馆，培育了很多回头客，像我和老高这样的。

老吴的老伴，我叫她嫂子。每次叫她，她都清脆地答应。其实我并不知道，我和老吴，谁是"哥"。

嫂子，给我拿一个小碗儿。哎——稍等。嫂子，我们走啦。哎——慢走。处得一家人似的。

前不久出现一点意外，一连三天，相聚缘面馆都锁着门，想吃面，吃不成。第四天面馆才开张。中午吃面，我抽空问老吴，怎么回事？

老吴竟是一脸的不好意思，说，黑龙江老乡来了，我请他们到大连逛逛，之后到龙门度假区洗温泉，玩了三天。

说这话的时候，老吴满脸都是笑意，比平常的笑眯眯，少了许多职业的故意，是发自内心在笑，有点成功人士的意思。

我连连点头，说，旅旅游，洗洗温泉，放松放松，应该的，何况，接待老乡嘛，是不是？

说罢，我低下头，噜噜噜，一边喝面汤，一边在心里感叹，这个老吴哇。

修鞋匠

是春节前几天。我走在路上，隐隐约约，感觉好像地面不平。走一步不平，再走一步还是不平，走走走，越走越不平。怎么回事呢？四下瞅瞅，挺好的柏油路呀。进而想到，可能是鞋出了问题。

回家再一瞅，果然是鞋的问题。后跟磨偏，挺严重。改日打个鞋掌吧。牛打掌，马打掌，人也一样，也打掌。看来，当牛做马，并不是人间的坏字眼。

我想起修鞋匠老刘。

老刘的修鞋摊，离我单位很近。下楼，顺着街道往西，几十步就到。

老刘长年累月在路边的老柳树底下忙碌。他的修鞋摊，属于相对豪华型的。夏天有凉棚，一张很大的太阳伞；冬天有暖棚。暖棚像帐篷一样，里边生着火炉，烟囱冒着烟。后来暖棚升级换代，变成一辆报废的微型面包车，锈迹斑斑，但还算完好，一个窟窿眼都没有。让人惊喜的是，四个车辘轳，都在。

我在一年当中，总有三回五回，找老刘修修鞋，有时也找他擦擦鞋。老刘是那种一专多能的复合型人才，能修鞋，能擦鞋，还会修伞。不管雨伞太阳伞，都会修。

老刘脾气不太好。修鞋时，手上忙一份，嘴上也忙一份，叨叨叨，骂娘。也不知是骂谁的娘。

我对老刘骂娘这一业余爱好，颇有些腹诽。不过，至今我仍然觉得，老刘虽然手脏嘴黑，但他赚的钱，很干净。

我敬重所有赚干净钱花干净钱的人。

闲话打住，还说修鞋。

发现鞋跟磨损的第二天中午，我去了老刘的修鞋摊，也就是"微面"。人不在。敲敲门，没回应。透过脏兮兮的车窗往里瞅，发现里边没人，只胡乱堆放一些杂物，好像他的修鞋工具，也在里面。

怎么回事呢？春节还没到嘛，你老刘享受教师待遇，放寒假了？

我以为只要微面在，老刘就在。你说我有多傻。

辽南话，傻不叫"傻"，叫"彪"。一个乡下老太太的名言："一个人一个彪法。"我听后大为赞叹。

我站在微面旁边彪了一会儿，才陡然想起，这么大个瓦城，不可能只有老刘一家修鞋摊。于是信步走去，从十字路口拐弯，向南。走出不到百米，发现路边一棵合欢树的树杈上，挂着一张纸牌，牌子上写"修鞋 电话1715333XXXX"。合欢树旁边，是一堵墙。墙下，放着掌鞋的铁脚、补鞋机和马扎。还有一个木箱，上了锁。

我掏出手机，给纸牌上的号码打电话。通了。对方说，你有什么事？是一个老男人的声音。我说修鞋。老男人说他正在吃饭。我说你得多长时间能吃完。他说一个小时吧。我说那好，一个小时之后我再来。

关了手机，心说，一个小时，敢情是喝上了。一个修鞋匠，心可真大呀。

半辈子，我这是第一次，为修鞋的事，跟别人约会。

终于见面，发现眼前这位修鞋匠，跟老刘完全相反。老刘胖，这位瘦。年龄看起来也比老刘大些。

天有些阴，北风打着呼哨，呜呜呜，像哭。这背景，很有些凄凉色彩。

瘦老头的衣装也有些凄凉。一顶老式火车头棉帽，一件黑灰暗格的外套，肥大且鼓囊囊的黑棉裤，老式大头鞋。看着，像二十世纪九十年代的农民打扮。

这样的天，我穿羽绒服都有点冷，这老头，你说他一天天是怎么熬过来的。

我跟瘦老头挨得很近，却闻不到一点酒气。敢情中午没喝。光吃饭怎么能用一个小时，很奇怪。

瘦老头扔给我一双很旧很旧的棉拖鞋。我脱了皮鞋，递给他，说，打掌。

瘦老头把一只鞋放下，拿出削皮刀，给另一只鞋的后跟削皮。这是程序。不削皮，鞋掌就粘不上。谚语说，鞋底打掌——硬往上贴。可你不削皮贴一下试试？这里边学问大了我跟你说。

削了皮，涂上胶水。然后剪一块鞋掌，比量一下位置，嗯，好，粘上，压紧。把鞋倒扣在铁脚上，用鞋匠锤，砰砰砰，钉钉子。弄好一只，再弄另一只。

瘦老头不像老刘那么爱说话。他不说我说，不能总闷着是不是?

我：老哥哥，今年多大岁数啦?

瘦老头：七十啦。

我：退休了不好好在家待着，出来遭这份罪?

瘦老头：退休? 一个农民退什么休?

我愣一下：不是有社保吗?

瘦老头：交不起钱嘛。

继续问下去，弄清楚了，瘦老头家住瓦城郊区，无儿无女，低保户，每年四千块救济费，不够日常开销，这才出来修鞋，平均每月有千儿八百的收入。

我想起老刘的"微面"：那边，大柳树底下，那个老刘，好像不干了是不是?

瘦老头：你说他啊，六十，退休了，拿养老金回家享福了。咱不能跟人家比啊。

我：你怎么不搬到他那个地方啊，我觉得比这边好点。

瘦老头：他倒是愿意我过去，想把那个车壳子卖给我，五百块。买不起啊。

我吓一跳，一个"微面"壳子，竟然要价五百块。

打好鞋掌，我穿上，试了几步，很好，地面很平坦。

问瘦老头，多少钱? 回答，五块。我递一张十块的票子给他，说，不用找了。

瘦老头抬起头，看我的脸，笑笑：多要你的钱，怎么好意思。

我跟瘦老头对话期间，他一次也没抬头。这是他第一次抬头看我。

瘦老头看我的这一瞬间，我眼前陡然飘来一大片一大片雪花，密密麻麻。

下雪了！一冬天没下雪，但愿这回，能正经地下它一场。

我抬头看天，瘦老头也抬头看天。天的高处更高处，有更多的雪花，朝人间的方向，姗姗而来。

茶滋味

大约在十年前，或者更远些的时候，我才对茶产生兴趣。对茶产生兴趣的原因，不是喝茶喝得开心，而是喝得很不开心。

在那天以前，我是不喝茶的。

那天我跟我的挚友、著名评论家王晓峰一起去沈阳开会。是那种对某一本书或某一篇文章说三道四的会。开这样的会，很容易让人产生牛皮哄哄的虚无的成功感。

会址安排在沈阳东北方向的棋盘山。山上是茂密的植被，山间有成片的宾馆酒楼，山下有湖，名曰秀湖。正值秋高气爽的季节，在这样的秀美之地开会，也很容易让人产生牛皮哄哄的虚无的成功感。

不说成功感了，还说会。也不说会了，就说茶。也不说茶了，直接说喝茶。

那天晚上我喝了两杯普洱茶。晓峰说普洱茶有助于睡眠。我信了他的话，他喝我也喝。他喝没事，睡得轰轰隆隆的。我有事了。

茶泡得很浓，呈酱油色，入口很滑。此外没有什么特殊感觉。

上床后我很快就有了特殊感觉。一夜没睡，辗转到天亮。

晓峰乐得像个小孩子似的，把我当故事到处讲。

很多年后，我也像晓峰一样，喝多浓的茶都照样睡得香。

就从那个不眠之夜开始，我对茶有了兴趣。这么多年，我几乎喝过所有品种的茶，红茶、绿茶、黑茶、白茶、岩茶，等等，都喝过。早年我喜欢铁观音，现在以红茶为主，有时也喝一点茉莉花茶。

最早接触铁观音，是我在小学三四年级的时候。那时候我跟同学宫玉林要好，两家还是近邻，我经常去他家写作业。宫玉林个头高，同学们都叫他大林。

大林家是村中首富，家里有座钟，有缝纫机，有自行车，有手表，四大件齐全。

大林他爸是吃商品粮的，具体做什么工作，我不知道，或者曾经知道，后来又给忘了。

一天下午，大林无端地高兴起来，对我说，你等等哈，我泡点好东西给你喝。

我坐在炕沿上，眼巴巴瞅着大林。

大林把衣箱顶端的一个铁盒子打开，捏出两粒黄豆大小的黑乎乎的什么东西，放进一只玻璃杯，停手，眉毛动几下，旋即又从铁盒子里捏出一粒放进玻璃杯。然后冲我启齿一笑。

大林笑，我不好意思不笑。我咧咧嘴，应付他一下。

大林含着笑，端起暖水瓶，往玻璃杯里倒开水。三粒小黑豆在杯里上下旋转了一会儿，又慢慢沉底。

大林指着玻璃杯，对我说，看着啊。他这样说，我不好意思不看。我瞪大眼睛，看着。我把自己的眼泪都看出来了。我擦擦眼，再看。这时奇迹出现了。我看见那三粒黑豆在膨胀，慢慢膨胀开来，变成三片树叶，斜倚在杯子里。

哇，这也太神奇了。我扭头崇拜了大林一眼。

大林说，你看杯子里的水。

我看水，没觉得有什么异样。

是不是有点黄？

噢，好像是有点黄。

你喝一口试试？

我迟疑地端起杯子，小心地啜了一口。

怎么样？

我抿抿嘴唇，没觉出什么味道，却用力点点头，说，好喝！

大林抿着嘴，脸色甜兮兮的，散发着糖块一样的光芒。

我想了想，问他，什么东西这是？

大林仰着脸说，茶！

我和大林你一口我一口把那杯茶喝掉了。那是我这辈子第一次喝茶。

写到这里，我起身，为自己泡了一壶平常很少喝的铁观音。不是捏三粒，而是将近三十粒。

我这辈子第二次喝茶，喝的是茉莉花茶。当地人叫花茶。

那是 20 世纪 80 年代初，我家搬进四间新房之后。我读初中。一天中午回家，看见爹坐在炕上，脚尖前面，放着一只大号的搪瓷缸，里边有多半缸铁锈样的水，爹时不时端起搪瓷缸，美滋滋地抿一口。

爹二十几岁的时候，赶上战乱，不得已，从山东闯荡到东北。一口山东腔一辈子没改。老家的生活习惯也一辈子没改，连儿女对他的称呼，都跟老家那边一样，叫爹。

爹那年六十大几，赶上了好政策，可以到农贸市场上贩卖点鱼虾，兜里不缺零花钱。我心说，有俩小钱不知姓什么好，连喝水都不肯好好喝了。

话是这么说，但我心里头还是对那缸水有了好奇。我趴在炕沿上，低头，瞅那缸子水，突然想到，是不是红糖水啊。我这样一想，忍不住抬头，用眼神向爹探寻。爹看懂了我的眼神，说，你喝一口尝尝。

我喝了一大口，正要下咽，又觉得滋味不对，怎么是这样啊，赶紧转身，张嘴，哇，把一口水吐到地上了。

我转过身来，对爹说，苦。

爹嗤嗤地笑了，露出一嘴残牙。

我皱着眉头问爹，什么东西这么苦?

爹收了笑，说，茶。

我一下子想起几年前在大林家喝茶的场景，大声说，我喝过茶，不是这样的。

随后我跟爹说起那个遥远的下午，大林如何如何给我泡了一杯茶，茶从铁盒里拿出来是什么样子，泡开之后又是什么样子，颜色是什么样子，滋味又是什么样子。

爹似听非听，末了说一句，我的茶好。

爹喝的是最低等级的茉莉花茶，俗称茶叶末。近乎黑色，里边夹带的茉莉花瓣近乎焦黄色。

从那天开始，爹喝了将近三十年茶叶末。那只搪瓷缸的内壁，也变成铁锈的颜色。爹去世前几年，我从工作地回老家，偶尔也会用小玻璃杯，从搪瓷缸子里倒出一点茶，跟爹一起喝，随便聊聊家常。

当我嗜茶成瘾后的某一天，在享受茶时光的间隙，不知怎么一下子想起跟爹一起喝茶的情状，这才猛然想到，我这不肖之子，在爹生前，竟从来没有送他一包茶。

对晓峰也是，他那么嗜茶，我也从来没有送他一包。

此刻我端着一杯铁观音，心里想着小说《步履不停》中的一句话，"人生，总有那么一点来不及"，不禁泪流满面。

月如钩

"梧桐落，蓼花秋。烟初冷，雨才收，萧条风物正堪愁……山如黛，月如钩……"

刘哥自言自语。我听得出来，那是南唐词人冯延巳的《芳草渡》。此人词作，满纸凄凉。

刘哥说，那年，他们全家，爷奶，父母，兄弟，被一辆大卡，一路颠簸，卸到芦屯，以为是定居，没想到局势有变，后来又返回瓦城。

每隔一段时日，刘哥都要跟我茶聊一次，茶香里全是往事。

刘哥说，住草房没问题，难的是做饭。生米做成熟饭，没草不行。烧煤？想都别想。家家都烧草。第一顿饭，草半干半湿，两斤火十斤烟，好歹把稀粥糊弄到嘴里。

刘哥抬手在自己眼前划拉一下，端起茶杯说，此刻他还能闻到当年的烟味。

草我知道。在我的童年和少年时代，每逢秋天，都要漫山遍野去捡草。草是一个笼统的称谓，包括杂草，也包括树叶、树枝、树根等等一切来自山野的可燃之物。

刘哥说他下乡的最初两年，年年都要捡草，从第三年起，他不捡了，改成偷草。

刘哥交了两个朋友，一个叫虾兵，一个叫蟹将。都不安分。刘哥更不安分。三人行必有领袖，刘哥是领袖。

芦屯西边，是一大片草甸。草有一人高。但不准割。谁都不行。草是生产队的，是集体财产。草甸一角，支一茅屋，晚上有人打更。

秋花惨淡秋草黄，耿耿夜灯秋夜长，山如黛，月如钩，正是偷草好时光。刘哥上了自家房顶，向西眺望，看草甸那边的茅屋有无烛光。房后，地面上站着两位小弟，都手持镰刀，腰扎草绳，抬头往房顶上瞅。他们在等待，等待刘哥下达作战命令。

刘哥竖起耳朵，听。夜空里，隐隐有音乐声。他对音乐敏感，乐声刚起，就被他抓住。不是歌声，是乐曲，65325352161……很熟悉。

刘哥跳下房顶，一挥手，率虾兵蟹将，往音乐响起的方向走，边走边唱："我们坐在高高的谷堆旁边，听妈妈讲那过去的事情……"

那天晚上，三个好汉没顾得上去偷草。他们倚住一户人家的院墙，听乐声。是板胡。

刘哥说，用板胡拉此曲，有别样滋味。顿了一瞬，又说，那天晚上，他听得泪流满面。

第四年初冬，刘哥还是跟虾兵蟹将一起，偷花生。花生已经入仓。在场院上，一簇一簇。不敢看。看一眼，嘴角是湿的。

事先准备作案工具，麻袋一条，树杈一枝。

我问刘哥，麻袋用来装花生，树杈做什么？

刘哥说，那时候家家都用明锁，看场的小屋也一样。锁扣在门外，用树杈闩住，看场人出不来。

山如黛，月如钩，行动开始。

三人有分工：虾兵负责望风，蟹将负责闩门，刘哥扒仓。

扒仓是技术活。不能把口子扒得太大，还不能弄断秫秸。口子大，花生流速快，响声也大，那不行。弄断秫秸，会留下偷窃痕迹，更不行。刘哥不相信虾兵也不相信蟹将，非要亲自操作。他操作得很好，花生哗啦啦从不大不小的缺口流出，流了二十分钟，行了，麻袋鼓起三分之二，六七十斤的样子。刘哥掩住缺口，拎着麻袋一角，背起就走。

过程很完美。唯一的遗憾，作案二十分钟，看场人竟没发现，树杈的功能，没显现出来。

花生分成三份，三个好汉各一份。都抿着嘴乐。

刘哥他爸，黑着脸，把刘哥摁到炕沿上，拿扫把，啪啪打屁股，边打边说，看你还敢再偷！

刘哥还敢。

第五年秋天，刘哥做成了一个大案，偷了上百斤苹果。这回没跟虾兵蟹将一起，是跟小芳。"村里有个姑娘叫小芳，长得好看又善良"，对，就是她。

刘哥喜欢人家小芳，不是一天两天。从山桃刚刚开花时就喜欢。想表白，却胆怯。每天上工下工，都拿眼睛睃小芳。有时小芳有警觉，脸腾一下红起来。

刘哥说，一直熬到端午节，他才找到一个突破口。

端午节，吃粽子，吃鸡蛋。刘哥他妈养了几只鸡，鸡屁股里抠蛋，好歹攒出半笸箩，煮了，不分老少，每人四只。刘哥不舍得吃，揣兜里。兜里有蛋胆子壮，刘哥把小芳约到村东小树林，四只蛋，都掏出来。小芳鼓鼓囊囊的胸脯有了起伏，拉风箱一样喘着粗气，手上却有了执拗，硬是退给刘哥两只。两人脸对脸吃蛋，关系算是定下来了。

摘苹果的季节，一天下午在果园里，刘哥跟小芳咬耳朵，说你敢不敢跟我一起做坏事？小芳小声问，啥坏事？刘哥说，偷。小芳一时不解，愣住。刘哥急了，不是偷你，是偷苹果。小芳抬手甩了刘哥一巴掌，你坏！

农民上下工，从来没准点。看天。天要亮没亮，是上工时间；要黑没黑，是下工时间。

吃罢晚饭，刘哥与小芳会合，走拉手进了果园。刘哥脱了裤子，系上裤腿，把裤子当口袋。两人摸摸索索，将苹果从树枝上一只一只扭下来，装进裤子。一裤接一裤，倒腾到附近的山沟。沟里的山坡地上，有刘哥事先挖好的一个坑。苹果倒进坑，上面铺一层野草，再盖上一尺多厚的沙土。

是夜，繁星如眼，一眨一眨，似有笑意。

腊月底，月依然如钩，刘哥和小芳，到沟里取苹果，一人一筐。

刘哥他爸，照例黑着脸，把刘哥摁到炕沿上，拿扫把，啪啪打屁股，边打边说，看你还敢再偷？

大年三十，晚饭后，一家人围坐一桌，咔咔啃苹果。爷奶，父母，兄弟，脸色都很祥和，跟上一年，全家人围坐一桌吃炒花生，情形近似。刘哥突然胸口一热，觉得自己很了不起。

　　说到这里，刘哥陡然叹息一声，随即用手背拭眼角，拭一下又一下。

抽空去一趟桦南县

腊月初六那天，我为老赵张罗了几位朋友和一桌酒菜，庆祝他正式退职休养，开始新的生活。参加宴会的几位，有的已经退了，有的快退了，聊天的话题，大多围绕退休生活转来转去。

酒过三巡，有人提议，明年我们去黑龙江散散心怎么样？这提议显然是针对老赵而言的。大家齐刷刷把目光递到老赵脸上，看他有何表示。老赵沉思片刻，说，听说镜泊湖风光不错，鱼也好吃，是不是？我说是。老赵说，那就去瞅瞅，去吃吃，其间再抽空去一趟桦南县。

我一愣，心说桦南县咋回事。

老赵说，当年我第一次出公差，就是去桦南县办事，待了半个多月，甘苦一言难尽。

我觉得里边有蹊跷，赶紧插言，老赵你讲讲呗。

老赵咳嗽了一声。老赵当过多年乡镇领导干部，每次开会发言前都咳嗽，显然不是生理性的，而是属于意识形态范畴。

老赵的故事开始了。

是1985年的事。那年老赵在李官乡政府司法办做经济纠纷案件诉讼代理工作，属于乡用干部，叫临时工也行。上班没几天，便接到一项重要任务，到桦南县电器安装工程队催款，委托方是本乡的水暖器材厂。

那时候老赵不是老赵，是小赵。6月20日，小赵出发了。从瓦城到桦南县，绿皮火车要晃荡三十六个小时。车厢里很热很吵闹。光是很热很吵闹还好说，主要是气味太冲，让人难以忍受。那气味属于综合体，由脚臭、汗酸、旱烟、大葱、大蒜及人体废气共同组成，热烘烘地扑面而来，具有相当的操蛋性。

老赵说到这里，不自觉地抬起右手，在自己的鼻尖上扇乎了两下，似乎那股气味至今还在纠缠着他。

小赵浑身是汗，连内裤都湿透了。他湿漉漉地坐在座位上，湿漉漉地进入了梦乡。也不知睡了多长时间，突然被一股清新的气味唤醒。睁开眼，发现斜对面的一位老者正在吃橘子。原来橘子可以充当空气清新剂啊。小赵记住了这一点，以后每次出差都随身携带几个橘子。

小赵在黄昏时分到达目的地，入住桦南县教育局招待所。据说那是县城最好的旅店。办好入住手续，服务员递给他一把钥匙、半根蜡烛和半盒火柴，说："一间房住俩人，啥时来人你都得给他开门。晚上没电，小心火烛。"

啧啧，座中有人感叹，1985年哪，县城还停电。

第二天，小赵坐上一辆脚蹬三轮去了电器安装工程队。工程队的队部，是沿街的一个院落，院内有一溜低矮的瓦房。瓦房的墙根下蹲了十多个人，有抽烟的，有拿小木棍在地面上胡乱划拉的，蔫头耷脑，互不搭言。

小赵进去不长时间就出来了。他被告知，该单位面临解体，领导已经不上班了，房檐下那些人，都是来要账的。

工程队的老会计满怀深情地对小赵说，外边总共十二个人，加上你十三个，你硬要等的话，就跟他们一起等吧。

小赵咔嚓一声掉进了冰窟窿，浑身发冷。他到邮局给委托方发了一封电报：事与愿违，索款无望，再做努力，不成便归。

说到底，小赵还是有些不甘心。第三天，他又去了一趟工程队。这回是带了礼物去的，一把折扇，一只保温杯，一包茶叶，一条香烟，都装在一个方便袋里。

小赵把方便袋递给那个老会计，说是送他的礼物，老会计的态度立马一变，赶紧起身倒水递烟。

窗外有十四个人蹲在房檐下要账。

老会计给小赵交了底，工程队有一点钱，可是债主太多，给谁不给谁是个大问题。何况，领导不出面不发话，谁敢付款？

小赵从老会计口中得知，两位主要领导关系很坏，彼此一年不说一句话，还都想在单位里说了算，让下边的人很为难。

小赵闻言心中大喜，说，要是两位主要领导都同意给我付款，你能办理吗？

老会计翻翻眼皮，说，那当然。

第四天，按照老会计提供的地址，小赵分别拜访了工程队的两位领导。当然不能空着手。好在，委托方提供的差旅费不菲。

第五天，小赵刚刚跨进工程队的财务室，老会计腾一下站了起来，说，昨天，两位领导都给我打了电话，叫我给你付款，你是怎么说服他们的？

小赵表情严肃地答复一句，你们领导对有些事情还是可以达成共识的。

说到这里，老赵忍不住哈哈大笑。众人不笑，说，你到底是咋弄的？

老赵说，很简单啊，我先后对两位领导说了同一段话，大意是：昨天我去你们单位了，见到了另一位领导，他说欠账还钱是天理，只不过要账的太多，暂时无力还钱，他还说这个工程队他一人说了算，谁都不好使，可是会计私下建议我来找您商量，他说您为人正直，他听您的。

结果两位领导的表现一模一样，都火冒三丈地大声宣布，这单位我说了算，我说咋着就咋着，你明天就去取款！

有人插言，就这么简单？

老赵点头，对，就这么简单。

第六天，小赵拍了第二封电报：索款成功，提供账号，现金不足，物资顶账可否？转天得到回复：顶啥都行，讨回狗屎好种地。

第八天，小赵拍了第三封电报，这回是加急：身无分文，派人送钱。

第十六天，小赵总算约到车皮，把顶账的各种五金器材发回瓦城，随后去工程队找老会计完善债务的终结手续，这时发现蹲在屋檐下要账的人，已经增加到十七个。

老赵的故事讲完了。我端起酒杯说，在座的有一位算一位，明年都跟随老赵去一趟桦南县，瞻仰一下他的旧战场好不好？说罢将杯中残酒一饮而尽。大家也都干了杯中酒。此刻的老赵红光满面。

鲍 老

一大早，我被手机铃声吵醒，迷迷瞪瞪接了。等我弄清电话那端的人是鲍老，赶紧做热情状。

鲍老二十年前就退休了，我几乎把他给忘了，没想到他还记得我。

鲍老比我更热情，一句一句把我全家都问候到了，之后，似乎有点不好意思，支吾了片刻才说，那什么，你知不知道李光辉的手机号呀？

原来这才是鲍老的正题。

我说，知道啊，鲍老，我给你查哈，查完告诉你，你把电话挂了吧。

我放下手机一看，嗨，才五点刚过。

很快就查到了。我把李光辉的手机号写在一张小纸片上，然后给鲍老回话。

我对数字天生缺乏敏感性，电话号码之类，永远别想看一眼就记住。

我给鲍老回话，听见手机里说："该用户已将手机设定为来电提醒模式。"也就是说，我什么时候能跟鲍老通上话，没个准数。

我给鲍老发了一则短信，倒头又睡。我平常都是七点后才起床的。

鲍老再无任何动静。

这是七天前的事。谁知过了三天，还是一大早，鲍老又打来电话。鲍老说，你在哪儿呢？我说在家啊。鲍老说，我去看看你好不好？

我吓了一跳，赶紧哼哼哈哈地打岔，说那什么，我怎么敢劳鲍老大驾来看我呀，改日我去看你哈，再说……

再说的意思是，这才几点啊，你真要上门，我会傻掉的，整整一天都会傻掉，但这想法只在脑子里溜达了一下，没敢说出口。

打了几声哈哈之后，我转入正题，鲍老，有事你尽管说哈，我能办的指定去办。

鲍老又有点不好意思，连嗓门都软了下来，说，我就是想问问李光辉的手机号。

我赶紧说，鲍老，我给你发过短信了呀。

鲍老说，短信？我不会用短信啊。

我的天，这扯不扯。

我赶紧下床，寻找那张写了手机号的纸片，却没找到。

鉴于上回的教训，我说，鲍老，我再给你查哈，一分钟后，你给我打电话。

鲍老说，几分钟？

我说，一分钟。

几分钟？

一分钟。

如此往来七个回合，我濒临绝望，改口说，两分钟。

鲍老说，好的，两分钟。

这回很顺利，两分钟后，也可能是三分钟后，我把李光辉的手机号当面汇报给鲍老。

我认识鲍老已经很多年了，那时我还不到三十岁，在一家新闻单位里混饭吃。鲍老经常给我们写稿子。鲍老退休前在市委宣传部主抓精神文明工作，笔杆子上有些功夫。早年他就是靠着这功夫，才从乡下调进瓦城的文宣系统。

鲍老跟我们混熟了，喜欢开些玩笑。

鲍老说他刚进城那几年，整夜在灯下苦熬，熬得不行不行的。鲍老给自己编了一套顺口溜："省老婆费灯泡，掉头发尿黄尿，一宿写了个大材料，领导看了吓一跳。"说完嘎嘎大笑起来。我们也笑。

看我们笑得东倒西歪，鲍老谈兴更浓，说起他在城郊住瓦房期间的种种趣事。

趣事很多，至今我还记得的，已经寥寥，却都跟过年有关。

过年了，杀猪，炸油丸，蒸馒头，蒸豆包，做豆腐，除了这些物质层面的准备，精神层面也不能没有，比如年画，供果，香烛，福字，挂笺，对联，鞭炮，都得有。民俗嘛，跟迷信扯不上关系的。

鲍老家每年的对联，都是他自己拟词自己写。院门，家门，屋门，都贴上。都是好词儿，发家致富，幸福安康，什么什么的，用很黑的墨汁，很粗很壮地写上去，瞅着壮实，还喜庆。

鲍老家的猪圈、鸡窝、狗窝上，也都贴着对联。这些对联的内容每年都一样，从不更改。

猪圈的内容我给忘了。鸡窝没忘，狗窝也没忘。

鸡窝上贴的是：

金鸡满架蛋满窝，

鸡蛋水我天天喝。

横批：连下大蛋。

狗窝上贴的是：

白天打盹夜不眠，

忠心耿耿保家园。

横批：金睛火眼。

我们报社几个小编辑一次又一次笑得东倒西歪。

我笑着说，鲍主任，你这对联，不对仗啊。

鲍老不好意思地挠挠头，说，有那么个意思就行了，对不对仗不要紧。

除夕夜，家家户户都放鞭，主要集中在午夜前后放。一夜连双岁，五更分二年嘛，喜庆喜庆，乐和乐和，老祖宗的传统，咱不能忘是不是？

老侯至今不忘，20世纪80年代，有那么几年，老百姓放鞭都放疯了，改革开放，小日子越过越红火，大家心情好嘛。

鲍老放鞭，别有一番情趣。起初，他放的是两毛钱一百响的小红鞭，后来改成一千响的大地红。都不是一次性放完。谁家都没放，他先放，噼啪噼啪噼啪，放了前半截。后半夜，等所有人家都放完，他把后半截拿出去，噼啪噼啪噼啪，再放一通。

鲍老说，这样显得咱家放得多啊。

我当时以为鲍老说的是实话。现在不这样想了。很有可能，鲍老只是随口说说，逗我们玩儿。

两年前，鲍老为离世的老伴写了一篇长长的怀念文章，加上儿女写的三篇短文和全家人的几十张黑白彩色照片，自费印成一本书。

鲍老坐到老伴坟前，抚着书的封面，哭了很久。

哭过之后，鲍老把书投进火堆，烧给老伴。那天是他老伴的一周年祭日。

昨天岳父岳母到我家做客，饭桌上不知怎么谈起鲍老。我这才知道，为了打听李光辉的手机号，鲍老费了老大的劲，先找到我岳父，再找到我岳母，又找到我夫人，最后想到我。

那么着急找李光辉干吗？

岳母说，鲍老的外孙女，三十大几了还单着，听说李光辉的儿子也没成家，他想撮合一下。

噢，是这样。

岳母说，其实两人几年前谈过一回，互相看着不顺眼，黄了。

我说这扯不扯，几年前看着不顺眼，现在就能顺眼？

岳母很严肃地说，那可说不定，此一时彼一时，说不定现在顺眼了呢。

二 牛

是画家老刘把二牛介绍给我的。此君身壮体健，气息充沛，瞅着，很有些与众不同。在老刘的生日宴上，我跟二牛挨着坐，喝得尽兴，也聊得尽兴，彼此都留下了颇为良好的第一印象。

于是又见。又见之后我才知道，二牛行二，却不姓牛。他姓张，大名健坤，二牛是他的江湖名号。这里头有蹊跷。我想知道。我一定要知道。

于是又见又见，觥筹交错之际，得知二牛不是一般的牛人。

二牛读初中那年，不知咋弄的，校园里整天乱哄哄，校园外也整天乱哄哄，聚众斗殴是最常见的街头风景，于是习武便俨然成为年轻人的时尚。

习武不拜师不行。拜师，都是行大礼，用脑门，砰砰砰，磕出三个响头。经高人指点，二牛只磕了一个，叫"头点地"。点地的不是脑门是头顶。"杀人不过头点地"，指的就是这个。这是让人无法拒绝的大礼，比仨响头隆重得多。

师父嘱咐二牛学成后不得打架斗殴："他凶，你怂；他怂，你更怂。听见没？"

二牛喜欢炫耀他的师门传奇。师父讲得少，主要讲师祖。到底是师祖、太师祖还是师祖宗，我听得糊涂，估计他也分得不是很清楚。这里统称为师祖好了。

一位师祖，咣一拳，能把人直愣愣钉在地上，蒙圈十几秒；一位师祖有夜行三百里的脚力，人群中晃几晃，扑棱棱倒下一片；一位师祖正苦思冥想，斜刺里一拳打来，倏然抬手，暗袭者呼噜扑地，他这边还在苦思；一位师祖随意一掌，把石碑打得嗡嗡响，观者色变；还有当过捕快的，跟八国联军对阵的，"大刀向鬼子们的头上砍去"的，个个都好生了得。

我在心里头感慨，二牛的师祖可真多。

不光是师祖厉害，二牛本人也厉害。不过这话，他自己不能说。他不说，有人替他说。说者都是二牛的发小和老朋友，老刘说过，老吴、老孙和老谭也都说过。众多故事当中，我印象深刻的，有两段。

一是英雄救美。一美女被地痞纠缠，二牛上前喝住。众痞围拢过来。二牛丹田气往上一提，做好对阵准备，忽而想到师父有言在先，咋办？眼睛眨几下，冒出一个主意，跟他们转七星。转七星是形意拳的重要步法，可任意变换出直行、斜行、弧行和阴阳鱼等其他步法，为的是不让对手近身。不近身还不行，还得让众痞知难而退，你说是不是？二牛眼睛再眨几下，又冒出一个主意，摘帽子。那时候年轻人时兴戴帽子。能摘你帽子就能摘你脑袋嘛。就这么，二牛脚上转七星，手上摘帽子，手脚一闪一闪，不大工夫，七八顶帽子都被他攥在手上。众痞愣住。二牛将一把帽子抛向天空，转身缓缓蹚去，美女风摆柳般随他款款而行。一年后，二牛娶了美女的姐姐。美女的姐姐，也是美女。

二是怒打泼皮。某人嫁女，家里家外摆酒席。炕上一桌，屋内一桌，院内三桌。吃到半途，新娘的前男友前来滋事。夏天，窗开着，那泼皮从窗口跃上土炕，一弯腰，嗖嗖，将两只菜盘子丢进纸糊的天棚。食客一时惊呆。二牛坐在屋内那桌，见状起身，招呼泼皮。泼皮下地，说："兄弟我来晚了，给各位赔个不是，打个通关好吧。"打通关，就是每人敬一碗。那时喝酒不用杯，用碗。二牛事后得知，那人是"酒漏"，号称十碗不醉。第一碗，大哥干了。散装高度白酒，上头极快，大哥猝然眩晕，跌跌撞撞，去室外旱厕呕吐。第二碗，小弟干了，也立马出门，到旱厕里呕吐。泼皮放声大笑，情态极为嚣张。大哥和小弟都是二牛的工友，这二位吐得一塌糊涂，招来密密麻麻的苍蝇，怎么都赶不走。有人考证，那些苍蝇也都醉得不行。这里不说苍蝇，还说二牛。二牛一拍桌子，说："打他。"众工友闻声而动，迅速将泼皮打翻。有人找来一条麻袋，将泼皮装了进去。二牛再次发声："散了席，把他扔进回头河。"话音刚落，新娘父母扑通跪倒，冲二牛点头捣蒜。三两天后，张健坤羽化成蝶，变作二牛。

二牛一连牛了几十年，退休后，却骤然陷入巨大的空虚。他倒是动过收徒的念头，不为别的，只为找件事情做做，消磨时间和剩余的精力。可现今的青少年，都把精力拴到手机上了，连武侠片都懒得看，哪个还要跟你学武术？无聊啊，无聊。怎么就这么无聊呢，每天出门，除了菜市场，无处可去。

二牛慢慢发现，在瓦城的退休人士当中，有一小撮很受推崇，很有存在感，他们的共性是擅长舞文弄墨，说白了就是文人。二牛在酒桌上遇见一位名声显赫的书法家，借着酒劲，当场就要拜师。书法家摆手，说："岂敢岂敢。"二牛呼一下起身，说："我给你来个头点地。"书法家刚刚听完二牛的传奇，吓得一抖，倏尔抱住他的老腰，说："别，我教你，我教你还不行吗？"

这段是二牛亲口对我说的，说完笑得肩头抖动。我的右耳膜，像被二牛师祖掌过的那块石碑，嗡嗡响了一瞬。

如同练武，二牛书法也练得认真，练了四五年，写得有模有样。他最擅长小楷，用朱砂写在半尺见方的宣纸上，得用放大镜去看。常有人向他求字，有求必应。

私底下，二牛以文人自居。

以文人自居的二牛，喜欢让老刘做中介，召集酒会。他似乎特别向往那种"谈笑有鸿儒，往来无白丁"的境界。

两小时前，老刘来电："明晚，二牛请酒，能去？"

去，哪能不去。像二牛这么有趣的长者，在瓦城你找不出几个。常跟有趣的人在一起，你早晚也会变得有趣，信不？

孤独的花生

书法家老遇晚上到我家来，为一点点小事。是这样：老遇的老师，八十多岁的陈先生，爱文学爱得颠三倒四，听说瓦城有我这样一位"作家"，出版过不少作品，很是好奇，托老遇"弄"本书给他看看。老遇说这好办，我直接跟他要。

老遇是我多年好友，住在同一个小区，抬头可见低头也可见，别人要书没有，他要，指定得有。

老遇落座。我给他泡茶，沏茶。两人喝茶聊天。

话题从书说起，随后说到陈老师。

老遇说他爹当年也是爱读书的人，家里攒下不少书。那年闹运动，上边有精神，说知识越多越反动，他爹既害怕又发愁。怕的是书被革命群众发现，愁的是不知怎么办。

那时候上面还有个精神，号召"除四害"。瓦城当时楼房极少，大多是低矮的小瓦房。也不知谁的指示，每年夏天，固定有一天，瓦城每家每户，都要用艾蒿熏蚊子。说如此这般，等于大打一场人民战争，歼灭所有来犯之蚊虫。

就在那个乌烟瘴气的晚上，老遇他爹，脑门上陡然灵光一闪，实施了一个大胆的行动，把自家所有藏书，都一页一页撕毁，扔进灶坑烧掉。

老遇说他爹烧了一夜书，同时也流了一夜眼泪。

老遇整夜躲在自家院门后边，给他爹站岗。老遇说电影里儿童团站岗，手里都拿着红缨枪。临到他站岗，两手空空，一点意思都没有。

后来我特意查找了一些"除四害"的史料，才知道，1958年2月12日，红头文件《关于除四害讲卫生的指示》正式发布，要求全中国在十年内或更短时间，把苍蝇、蚊子、老鼠、麻雀都消灭掉。后来由于某种原因，麻雀被平反，由臭虫代替。再后来，臭虫也被平反，由蟑螂代替。

老遇他爹跟陈老师是要好的朋友，在同一所中学教书。烧书的那年冬天，学校里又掀起一场"反右补课"运动。眼睛雪亮的革命群众发现陈老师身上劣迹斑斑，怎么看都不像好人。

陈老师愁眉苦脸，向老遇他爹讨教如何躲过这场劫难。老遇他爹特别够朋友，也特别有耐心，反复指导陈老师如何在群众大会上做检讨。

有段时间，陈老师天天晚上都到老遇家练习做检讨。

陈老师每次来，老遇他爹都给他洗一盘苹果。

老遇对陈老师到他家练习做检讨的事一点都不感兴趣，但他对苹果很感兴趣。他躲在里屋，从门帘的缝隙里偷偷往外瞅。瞅了一天又一天，一天天瞅下去，老遇的心情也咔嚓咔嚓，被两个坏东西给嚼碎了。

十岁的老遇终于崩溃，对六岁的弟弟说，每天五六个每天五六个，等到过年，咱家就没有苹果啦。说完号啕大哭。弟弟也跟着号啕大哭。

老遇说那时候，他家每年只买一笼国光苹果。一笼六十斤，吃完拉倒。

老遇说他小时候，最恨的人就是陈老师。每次看见，心里都咬牙。

老遇说他爹和陈老师天天一起谋划，有屁用啊，三个月后，俩人都被补成"右派"，下放农村改造思想去了。

老遇当时特别开心，两个坏东西，再也不能咔嚓咔嚓嚼他的心了。

听完这故事，我说了声，唉。

老遇也跟着叹气，接着说，谁知不到两年，两个坏东西竟然像臭虫一样被平反了。

老遇说，坏蛋胡汉三回来了，他俩也回来了。回来就回来，有什么了不起，可老遇他爹觉得"摘帽"这事特别重要，得摆一桌酒席庆祝庆祝。

那时候陈老师是单身，他一"戴帽"，老婆立马跟他离婚，把孩子也带走了，家里冷炕冷灶，一点热乎气都没有。所以这庆祝的酒席，只能摆在老遇家里。

老遇说他爹下放那两年，家里的日子一天不如一天，穷得像风铃一样叮叮当当，还摆酒席，拿什么摆酒席？

老遇他妈愁得不行不行。可不行也得行，这酒不能不喝，人逢喜事嘛是不是。

老遇他妈使出浑身的智慧和力气，端上三个硬菜：猪肉炖粉条，炒鸡蛋，糖拌花生米。老遇说可能还有别的什么毛毛菜，可他不记得了。

两个坏东西咧着大嘴喝上了。五毛钱一斤的散白酒，两杯下肚，开始张牙舞爪朗诵古诗，叨叨叨，唾沫飞溅。

老遇依旧躲在里屋的门帘后面，从缝隙里往外瞅。老遇听不懂他们的叨叨叨，也不关心他们的叨叨叨。老遇一味盯着他们的嘴巴和喉咙，瞅来瞅去。

两个坏东西的嘴巴不停地动，喉结一上一下也在动，盘子里的猪肉、粉条、鸡蛋和花生，一筷子一筷子越来越少，老遇嘴角的哈喇子，却一涌一涌越来越多。

老遇说，妈个巴子，那天晚上，我吞了不知多少哈喇子。

盘子渐渐空了。一只空了，两只空了……最后一只，盘子正中，只剩一粒花生。老遇看见，有一瞬间两双筷子同时奔向那粒花生，同时顿住，又陡然同时缩回。

老遇心头一紧，扭头对趴在里屋炕头的弟弟说，只剩一粒花生啦。弟弟眨眨眼抿抿嘴，没说话。

直到酒席结束，那一粒花生，依然被孤零零地遗弃在盘子正中。老遇瞅着那粒花生，不知为什么，眼泪也像哈喇子那样，一涌一涌越来越多地淌下来。

听完摆酒席的故事，我又说了声，唉。

这回老遇没跟着叹气，他说妈个巴，那粒孤独的花生，在他心头压了几十年，沉甸甸，压得他喘不上气。

我不知该说什么才好，只能劝老遇，过去的事，就让它滚犊子，咱不去想它。

老遇听罢，默默端起茶杯，却不喝。就那么愣头愣脑，端了很久。

老遇的茶话

白居易晚年诗作中，有一首叫《两碗茶》的，其中四句让老侯心动："食罢一觉睡，醒来两碗茶。举头看日影，已复西南斜。"

老侯对老白的诗文才华羡慕得很，对他晚年的闲适生活更是羡慕有加。人不能一生都酱在名利的大缸里对不对？总得适当地"颓废"一下对不对？"适当的颓废有益于思考"嘛。

老侯老矣，对名利之徒，越发敬而远之，而对看淡名利的洒脱人，则越发敬而近之。

枕上读闲书，看到宋代有人说什么"拟访一僧共茶话"，颇觉好笑。怎么弄的，身边连个能喝茶说话的俗人都没有。老侯不必访僧，可共茶话的散淡人，三五个还寻得到。

老遇便是其中一个。

几天前的一个下午，老侯约老遇喝茶。

老侯喜欢散步，老遇也喜欢。那好，走着去。

瓦城的茶庄，老侯去得最多的，是帅府轩。

这回还去帅府轩。绕过总店，去了分店。近来总店客多，稍稍有些嘈杂，分店相对清静些。

茶艺师小雨在分店值班。

小雨是安徽女孩。作为李鸿章的老乡，她不远千里来到辽南，给瓦城的各类小人物侍茶，说来也真是一种意外。

话题扯远了，打住。

小雨泡茶，老侯和老遇随意说话。

攒了一把年纪的男人有个共同特点，大多喜欢在女孩面前，有时也在男孩面前，说些老旧话题，说自己的童年或少壮岁月，如何如何如何。

老侯和老遇都未能脱俗。聊几句花草（老遇养的几株凤眼莲，就是俗名叫水葫芦的草本植物，早晨开花了，哎呀把他兴奋得……不让他说说还真不行）之后，话题自然而然走进了一个黯淡时代。

这回是老遇主讲，老侯偶尔插话。活在靓丽时代的小雨，坐在一旁静静聆听。

在武夷岩茶的茶香里，老遇一连讲了两个故事。

第一个，许老四。

许老四是老遇的小学同学。用老话说，该同学家庭成分有点高，类似于当下人群中的血糖高血脂高。血糖高血脂高是病，家庭成分高，也是病。

许老四他爹死在监狱里，他妈领着九个儿女过活，日子能不病吗？

许老四家有个奇怪的规矩，只要人在家，谁都不准穿裤子，出门才能穿。

老遇解释说，不是全家都光屁股哈，是穿摞补丁的裤衩。为啥？省裤子嘛。

许老四他妈，有时得等大女儿下班回来，换上裤子再出门。

每年冬天，许老四都冻得不行不行。没有棉衣棉裤，没有棉帽，没有棉鞋。整天瑟瑟发抖。脚是黑紫色的，生满冻疮。耳朵也是。耳垂冻掉半个剩半个。

老遇说，很奇怪，熬到春暖花开，许老四的耳垂就长出来了，跟原先一模一样。

许老四一年到头都穿“解放鞋”。这种鞋老侯穿过，特点是夏热冬凉。

春夏秋三季，许老四只在上学和放学途中才穿鞋走路。一到学校就脱了。上体育课，哪怕是踢足球，他也光着脚。

那时候学校没有塑胶操场，都是土操场。土操场也不都是土，土中常常镶嵌着石块。许老四一脚踢到石块上，嗷一声大叫，大家围过去看，脚指甲都翘起来了，血糊糊一片，看着揪心。

老遇说，秋天的时候，学校经常组织学生到郊区生产队参加劳动，剥玉米、捡豆粒……

老侯打岔，怎么城里的学生也参加劳动啊？

老遇说，是啊。

噢，没想到。老侯以为只有乡下学生才参加劳动。

老遇说，劳动那天，师生都带午饭，人与人的差别，一开饭盒就看出来了。

家庭条件最好的两个同学，都是独生子，父母双职工，人家带的是油炒大米饭。饭盒盖一开，香味飘出老远，所有同学都朝那儿看，老师也是。

这两位同学后来不跟大家聚堆吃饭，躲到远处，做贼一般。

老遇说，他们心里的滋味大概也不太好受。

最让老遇心酸的，是许老四的午饭。大多数同学带的都是玉米面饼子和炖青菜，许老四不是，他带的是两饭盒格子粥，外加一块很黑很黑的咸菜疙瘩。

老遇说，许老四那狼吞虎咽的样子，现在还在他眼前浮现。

老侯叹了口气。老侯小时候家里也穷，但没穷到这程度。要知道，人家许老四是城里人哪。

20世纪60年代末，许老四一家不当城里人了，当下放户，也就是当农民去了。

老遇两年前认识了许老四的外甥。问，许老四还活着？答，活着。

老遇让外甥捎话，说他想跟许老四见个面，一起吃个饭。

老遇说，要是真能见面，我指定让他放开了吃！

几天后外甥回话，说我四舅还记得你，但不想见你。怕老遇误会，外甥解释一句，我四舅从来不见同学。

第二个故事，母爱。

这故事老遇在母亲的八十寿宴上讲过一遍。

老遇的母亲，是普通家庭妇女，年轻时什么脏活累活都干过，年过半百才由临时工转为正式工，高兴得找不到北。

老遇作为长子，总得在母亲的寿宴上讲点什么才好。

老遇讲了一个母爱的故事。

20世纪70年代初，老遇初中毕业，按政策得下乡当知青。赶巧还有一个政策，部分学生可以留城当工人。留不留城除了看家庭成分，还要体检合格才行。家庭成分没问题，体检这一关，母亲很担心。当年的小遇个头矮，还瘦，怕工厂不要。母亲咬着嘴唇，去供销社买了一斤饼干给小遇补身体。

老遇说，那饼干硬得啃不动，只能泡开水。老侯嘿嘿乐。

老遇又说，后来体检通过，我妈乐得合不拢嘴，也不知是不是饼干起了作用。

很快就到了日影"西南斜"的时刻，茶也喝得很透，回吧。起身时，老侯看见小雨眼中有小雨。

归程，老遇无语，好像还沉浸在往事里。老侯也无语，回想老遇的茶话，不知何故，心里骤然一阵呼嗵。

嗨，王叔

几天前我在抱龙山西坡的腰部，遇见老邻居王新强。大家都叫他强子。我从众，也叫他强子。

我和强子都是抱龙山脚嘉美小区的第一批住户，入住十多年了，住前后楼，还都是一楼，都有个小庭院，都爱好花草树木，关系自然要比别的邻居更亲密些。

每次跟强子见面，都要聊聊天，聊聊生活琐事，聊聊彼此的得意或不得意。小人物的生活，大抵如此的吧。

抱龙山西坡的腰部，有一段相对平坦的柏油路，长度不足三百米，宽度七八米的样子。每天的早晚时段，都有不少健身族在这段路上走来走去。据说，走来走去是最好的健身方式。这话我信。

在那段不足三百米的柏油路上，我和强子连续走了二十几个来回。并肩走，并肩聊，聊了上万步。从国际聊到国内，从南方聊到北方，从省会聊到瓦城，从瓦城有头有脸的人物聊到平民百姓……不知怎么，强子把突然话题聊到自己老爸的头上。

强子的老爸，我应该叫王叔。

王叔是瓦城的头面人物之一，退休前是一家医疗机构的主要领导。

强子的话头，从王叔刚刚退休的时候说起。

退休后连续五六天，王叔都跟以往一样，七点洗漱，然后早餐，然后穿戴整齐跨出家门。可跨出家门没多久，他又折了回来，坐到客厅的沙发上，脸色阴沉，跟谁都不说话。

再之后，王叔的洗漱和早餐时间，开始紊乱起来。唯一不变的，是脸色阴沉，跟谁都不说话。

强子得知此种情状，连连摇头，连连叹气。他蹙着眉头思考半个月，终于给王叔设计出一种新生活。

强子是个商人，对硬度较高的物品感兴趣，名下有一家经销公司，设在百公里之外的滨城。为了王叔能过上正常的生活，强子决定在瓦城再注册一家公司，主要经销钢材。

王叔摇身一变，成为瓦城公司的总经理。王总经理在单位里只领导一个下属，就是他自己。

王总经理的作息习惯刹那间恢复到退休之前的样子：七点洗漱，然后早餐，然后穿戴整齐跨出家门……

强子说："我去公司里看过，看见我爸表情严肃地坐在老板台后边，很有些总经理的派头。"

说完强子得意地笑了。

笑过之后，强子说："我爸的公司经营了五年，一分钱没挣，反倒亏损两万七。"

我撇了强子一眼："怎么亏了呢？"

强子说："让人用假支票把钢材骗走了嘛。"

说完又笑。

我在心里连连感叹，强子这人，是真正的孝子。

五年后王总经理主动跟强子提出要注销瓦城的公司，说是太累太累，他干不动了，他要"退休"。强子早就等他这句话呢。全家人皆大欢喜，还以此为由头去饭店里庆祝了一番。

"退休"之后的王叔，慢慢养成了新的作息习惯：八点洗漱，然后早餐，然后穿戴整齐，出门左拐，向北而去。目标是轴承厂附近的白杨广场。广场面积不大，相对偏僻，因白杨环绕而得名。王叔的朋友和熟人，有不少整天盘踞在那里。广场上有亭有座，有适合老年人的多种健身器材。王叔他们时而聊天，时而下棋，时而健身。中午回家，下午再去，忙忙乎乎就是一天。日子过得自在、充实，偶尔还有意外惊喜。

时间长了，沿途有多少电线杆子王叔都一清二楚。

对王叔而言，这无疑又是一种新生活。

强子说："我爸还跟以前一样，裤线笔直，皮鞋锃亮，头发一丝不乱，怎么看都像是领导干部，呵呵。"

强子随后说到他和王叔的一次对话。这场对话里王叔所表露的心态，大大地刺激了我的神经。

我跟年轻的文学爱好者讲过多次，写小说，千万要注意核心细节，没有核心细节的小说绝对不是好小说。

看官请注意，这篇小说的核心细节即将亮相，它便是强子跟王叔的对话。

强子说："爸，咱家离街心花园那么近，才几步路嘛，你咋不去呢？我妈就天天去那儿跳广场舞。"

王叔眼睛一瞪："街心花园是我能去的地方吗？"

强子纳闷："咋就不能去呢？"

王叔哼了一声："在那里混的，都是像你妈那样的企业退休职工。我是什么人你不知道？"

强子愣愣地瞅着王叔。

顿了一瞬，王叔说："白杨广场不一样，去那里消遣的，都是机关和事业单位的退休干部，百分之五十副科级以上。"

强子把眼皮翻了几翻，没吭声。

王叔停停又说："地位最低的是教师。"

停停王叔又说："昨天你猜我遇到了谁？"

强子又把眼皮翻了几翻，还是没吭声。

王叔的嗓门突然加大："你指定猜不出来。谁呀？张老爷子，人家退休前是瓦城人大常委会主任！"

王叔接着说："街心花园？哼，张主任会去街心花园吗？"

说完这句，王叔扭过头去，不再搭理强子。

强子对我说："你瞅瞅我爸，退休快二十年了，还讲究个什么级别。"

嗨，这个王叔。

我和强子几乎同时笑起来。笑完我内心一颤，想到自己到了退休那天，会不会跟王叔有同样的心态呢。难说呀。

想到这里，我扭头对强子说："我想把你爸的退休生活写成一篇小说，你没意见吧？"

强子说："都是些平常小事，能行？"

我点点头："能行。"

强子说："你写你写，写完我拿给我爸看。"

我说："好的好的，写完拿给你爸看。"

邵一兵的田园生活

老友邵一兵，我当面叫老哥，背后叫老邵。老了，想不"老哥"不行，想不"老邵"，也不行。不过正式场合，我还是叫他邵一兵。

现在我就得叫他邵一兵。

仲春，邵一兵回到瓦城。两天后打我手机，说你忙啥呢。我说能忙啥，还不是看书写东西。他说，来看看我？我说可以，等我下回到市内开会，一定去沙河口区看你。他说，什么沙河口？我在西林小别墅，带回两瓶五粮液，你快来。

我赶紧动身，先去菜市场，拎一条大个头的鲅鳓鱼，再配点豆腐发芽葱啥的，还有他偏爱的渤海虾米，匆匆赶往近郊的西林村。

我跟邵一兵的交情长达三十年。当年我从普城调来瓦城，入职新单位，跟他同一科室。他大我十岁，属于前辈，可从不在我面前摆架子。还喜欢跟我聊天，有一次说起20世纪80年代的往事，把我笑得不行。那些年流行买彩电买冰箱，可工资普遍不高，没辙，家家户户都为此勒紧了裤腰带。他没说彩电，只说冰箱。他说，小侯啊，我跟你嫂子，喝了整整一年土豆汤，才好歹买了一台冰箱，钱不够，还跟朋友借了点，你说我容易吗我？我笑。他不笑。我笑了一瞬，天真地问，你往冰箱里放什么呀？他一愣，脱口而出，放什么，还不是喝剩的土豆汤！

邵一兵的情商比我高出很多。你注意到没有？他说"我跟你嫂子"，"你嫂子"是谁呀？是他夫人小玲。我从外地调来才几天，就有个名叫小玲的嫂子了，心里头特别暖和。

紧接着，邵一兵又跟我说起他的恋爱故事。那年他才二十三岁，不是老邵是小邵，这里叫他一兵好了。

一兵的恋爱，是经人介绍的。媒婆是近亲的一位大姐。约好了，星期天晚上在大姐家跟小玲见面。可是一兵按捺不住内心的激动，下午两点就去了，骑一辆崭新的永久牌自行车，穿一身干干净净的铁路制服。大姐脸色不对，说你怎么来得这样早啊。一兵正要回话，又有人敲门，进来一个愣头青，也穿着一身铁路制服。一兵感觉有点面熟，但叫不出名字，正要搭讪，大姐先开口了，一兵啊，我有点急事，你晚上再来，晚上再来哈。一兵满怀狐疑地离去，路上越想越不对。是不是大姐把那愣头青也介绍给了小玲？有可能啊。想到这里，心中一沉，不行，我得回去。顶着一头白毛汗，再次敲门，大姐吓一跳，说，你怎么又回来啦？他说，我的钥匙是不是忘你家了？听他这样说，大姐不好意思不让他进门。一进门他就看出名堂来了，地上多了两双女鞋，炕上却没人，蹊跷得很哪。他故作懵懂，说东说西，赖着不走，直到黄昏……故事的结局是一年后，新娘小玲用果肉般莹白的小拳头，一个劲捶打他的胸脯，说你好坏哦，那天我妈和我藏在里屋门后不敢动，憋得差点尿裤子。

就这么，我和邵一兵，嘻嘻哈哈，关系越聊越近。后来我调离了那个不苟言笑的单位，原因是性格不合。我走后半个月，他也离开了，问他为啥，他说跟你一样，也是性格不合。

邵一兵在新单位里很快打开了局面。他不光情商高，智商也不差，不到两年，提了副职，三年后，又提了正职。不管他当副当正，我们都常聚。虾米炖豆腐，生菜小葱蘸酱，酱焖杂拌鱼，红椒眉豆炒肉丝，加一瓶五十二度老龙口，聊得兴致勃勃。

邵一兵喜欢在酒桌上拿我的业余爱好说事。他撇撇嘴角，做不屑状，说，整天花花草草的，浪费生命嘛。我不服他，说，那就是一点雅趣，用不了多少时间。他说，哼。

我拿邵一兵开玩笑，把他以往的窘事，写成一篇小文，拿给他看。他看后沉思片刻，说，干了这杯，咱去洗桑拿吧？去呗。洗了，蒸了，搓了，到休息厅喝茶。他说，老弟，求你个事，你那篇文章，不拿出去发表好不？我说为啥？他说，要是让我儿媳妇看见多不好，影响光辉形象嘛。我说，原本就没想发表啊。他说，嗨，早知道不请你洗桑拿。

邵一兵把位于西林村的老宅翻修一新，号称西林小别墅，打算退休后长住。谁知住了不到一个月，产房传喜讯，儿媳妇生了个大胖小子。老两口听到消息，立马赶往大连市内帮忙。没承想，一待就是五年多。

我赶到西林时，邵一兵已经等得不耐烦。我刚放下手中的食材，他就拉起我的手说，跟我上山。我不解，上山干吗？他一字一顿，挖，野，菜！噢，我想起来了，他最大的喜好，是挖野菜。

中午，我亲手操刀，做了一盘荠菜拌虾米。是从汪曾祺先生的书中学来的："荠菜焯过，碎切，和香干细丁同拌，加姜米，浇以麻酱油醋，或用虾米，或不用……抟成宝塔形，临吃推倒，拌匀。"调料不齐，只能将就，没想到，味道还不错。

边喝边聊。邵一兵说，他要在西林开启真正的田园生活，种种菜，弄弄瓜果，栽些花草……我想起他当年对我的不屑，故意拿话戳他，花花草草，你不怕浪费生命啊？

邵一兵不好意思地笑笑，突然向我伸出一个手指头，横在餐桌中间，一动不动。

什么意思？

邵一兵放慢语速，说，你嫂子给我放假，一年，整整一年，一年后回去上班。

上班？

邵一兵收回手指头，对，上班，孙子上小学，我负责接送。

我说，为回瓦城这事，你跟我小玲嫂子，费了不少口舌吧？

嗯，好说歹说。

我轻轻叹口气，老哥，你这是退而不休。

邵一兵端起酒杯，晃晃脑袋说，家家户户，不都这样啊？

是日，我和邵一兵，从中午喝到黄昏，干掉一瓶半五粮液，竟不醉。

神 树

阎老师围绕老乔转了三圈，我站在一边冷眼看他。

老乔是一棵树。一棵高大的油松。不知为啥，阎老师叫它老乔。

老乔居住的那座山，叫帽山，是瓦城辖区内海拔最高的山。它不是一座山，是一座连着一座的群山。

阎老师的相机镜头，不分春夏秋冬，无数次对准老乔，快门咔嚓咔嚓响个不停。他的摄影工作室里，有老乔一张大幅照片，朝霞的橘红，松针的幽绿，树干的黑褐，以及舞龙状的枝态，在皑皑白雪的映衬下，呈现出别样的雄壮和肃穆。这是阎老师的风光代表作之一。

以往阎老师只把老乔作为摄影对象，从来不到它身边去。今年早春的一天却一反常态，他指了指老乔脚下的那片峭壁，对我说，上去看看。

老乔脚下的峭壁上，开满大片的映山红。

我们费了很大脚力才爬到老乔身边。我以为阎老师会居高临下拍摄那些火焰般的映山红，结果没有，他围着老乔转了三圈，说，下山。

阎老师说下，那就下呗。类似的无厘头言行，是他的常态，我早就习惯了，从不刨根问底。

我结识阎老师将近二十年，可是一直对他琢磨不透。

阎老师是瓦城最早的一批摄影发烧友，从胶片机到单反机，一直走在时尚前沿，他还特别擅长把爱好跟谋生之术完美地结合起来。可以这么说，他的爱好就是他的职业。反过来说也对。

我见过阎老师年轻时的照片。长头发，喇叭裤，以稍息的姿势，站在北京火车站前面。长头发喇叭裤是 20 世纪 80 年代初男青年的流行打扮。他们整天在大街上闲逛，鼻梁上架个蛤蟆镜，一只镜片的一角贴着商标，有时手里还要拎着个双卡录放机。

我笑着说，没想到阎老师还是时尚一族。

阎老师也笑，笑罢张罗吃喝。我常在他的工作室里吃喝。

借着酒劲，阎老师把他在喇叭裤时代的恋爱故事都抖搂出来了。知青返城那年，他认识了两个女孩，跟她们轮流约会。后来一个女孩跳了渤海，另一个女孩跳了黄海。好在都被人及时救了上来。上岸后的两个女孩不约而同，发誓从此不见阎老师，说一见他就有跳海的冲动。

阎老师好酒，他说他曾经一个人到五姑庵的槐树林里野餐，喝得大醉，在槐花的香气里沉睡一个下午。两位尼姑结伴而来，用木棍捅他，看他是死是活。

阎老师还曾经在自家楼下的一棵合欢树下，一边赏花，一边喝啤酒吃扇贝。他坐在啤酒箱子上，对瓶喝。喝光一瓶，咣当，把瓶子扔到脚下，从屁股底下再掏一瓶，接着喝。结果没等把酒喝完，屁股就掉进了箱子，把邻居一个胖娘们笑得岔气。

忘了是哪一年的孟秋季节，阎老师，我，我的同事小高，我们一行三人，去远郊的云台山采野菊花。也不是采野菊花，是采野菊花的花蕾。阎老师用花蕾制作菊花茶。阎老师对市面上销售的菊花茶嗤之以鼻，他只喝自己制作的菊花茶。

那天中午，我们在云台山的柞树林里野餐时，下雨了。是小雨。雨点打在柞树叶上，簌簌作响。树叶很密，雨滴很少能落到我们身上。我提议下山，阎老师说，这点雨算什么，酒后我们还要喝茶呢。他有一套完整的野外烧茶器具，气罐，炉灶，水壶，茶杯，应有尽有。在野地里喝酒喝茶，是他的生活常态。看得出来。他身上洋溢着浓郁的魏晋风度。

雨渐渐大起来。落进茶杯里的雨，开始是一滴一滴，随后是一簇一簇。我的头发湿了，我的肩膀，我的衣袖，也都湿了。我说，阎老师，我们走吧。话音刚落，突然一盆冷水浇到我的脑门上，我大叫一声跳起来，紧紧抱住身边的一棵树。我早就注意到，雨下了那么久，那棵树的树干却一直是干的。我抱住那棵树，定神再看，阎老师和小高，也都各自抱住一棵树，三个人水淋淋地大眼瞪小眼。此时，小高挂在树杈上的袖珍音响里，正在播放降央卓玛的《西海情歌》。

那天，阎老师、小高和我，身上除了犄角旮旯，别处都湿透了。

那时候没有抓酒驾一说。后来有了，阎老师从此进入半戒酒状态。也是没法子，谁能天天待在家里不出门呢？

让我最琢磨不透的是，阎老师怎么会掌握那么多让人犯糊涂的知识呢？比如说，他能闻到蘑菇的气味，一起采蘑菇，没人采得过他。比如说采酸枣，他眼里有一道双黄线，必须是生长在碎石上的酸枣才行，最好是页岩上的，黄土上的坚决不要。比如说在辽东的大山里，他沿着一条小溪走走停停，不长时间就寻到一块河磨玉。

从帽山回来的第二天，我们又一次去看望老乔。阎老师从衣兜里掏出窄窄一片红布条，把它绑在树干上，随后双手合十，口中喃喃有词。等他喃喃完毕，我才小心地问了一句，这是干吗？

阎老师把树根部位的一团枯草踢开，说，你来看看。我探头过去，吓了一跳，树根处有半尺多长两寸多深的斧痕，木茬很新鲜。

阎老师说，有人打老乔的主意，我得保护它。

我指了指树干上的红布条，说，能行？

阎老师笑而无语。

那天阎老师兴致很高，拍了一整天映山红。

两周后，我们第三次去看望老乔。我看到老乔身上，已经缠了三道红布条，树下还多了一只香炉，炉内有三炷残香。

阎老师往老乔身上拍了三巴掌，笑着说，老乔你成神了。

前不久，我在微信朋友圈里看到一棵油松的照片，树干上缠了很多红布条，树枝上也有，照片名为"帽山神树"。我一眼就认出来了，是老乔。

我把那张照片转发到阎老师的微信上，下面紧跟一个点赞的表情。

物　流

　　王正道早晨出门以前，肯定忘不了把一条毛巾缠到自己的手臂上。王正道是个天才，是缠毛巾的天才。毛巾缠在他的手臂上，紧紧的，半天都不会掉下来。他缠得真好，很让人羡慕。连澡堂子里的搓澡工，都缠不出他的水平。

　　王正道喜欢把毛巾缠在手臂上，用起来方便。这是他的发明，他的专利。当然，也有不少人学他的样子，来模仿他，可过不了多久，毛巾就松开了。免不了要麻烦王正道帮帮忙。如果王正道闲着，会耐心地帮他们。要是正忙着，就顾不上了。王正道会冲他们笑笑，一脸不好意思，说："回头我再帮你。"

　　王正道是个推三轮的。好听的说法，叫"板爷"。当板爷并不容易，一天不知要出多少汗。把毛巾缠在手臂上，是为了擦汗方便。拉了一车的货物上坡，满头的汗水流下来，糊住了眼睛，怎么办？手臂一抬，往额头上抹一下，往脸上抹一下，就行了。不影响拉车。一点都不影响。要是把毛巾搭在脖子上，就比较麻烦。费时间。费时间是小事，绷紧了的身子一旦松懈下来，再想把车拉到坡顶，就没那么容易了。那就更费时间了。费时间看起来是小事，仔细想想却是大事。那是要影响收入的。

　　王正道每天都到物流中心去拉货。把从外地运来的各种货物，装上三轮车，一车一车运往这座城市的大街小巷。每天都是一头一头的汗。一天下来，毛巾就变黄了，而且有了酸味。冬天还好些，酸味不重。夏天就难闻了。所以，毛巾是要天天洗的，不洗不行啊。

王正道这么辛苦，收入怎么样呢？不用问，看看李淑红的脸色就知道了。李淑红是王正道的老婆。王正道回到家里，把一天的收入交给李淑红。李树红勾起脑袋数一遍，要是超过六十块呢，李淑红就会笑笑，说："还行。"要是不到六十块呢，李淑红的脸色就阴了，有时能阴到乌云密布的程度。也不是李淑红特别爱钱，是家里确实需要钱，儿子正在上大学呢，花销大得让人心惊肉跳。李树红心里不舒畅，就给王正道脸色看。一个家庭妇女，能有什么修养呢？就这样了。

这半年多，李淑红一次也没有笑过，整天都阴着一张脸。不是王正道不卖力，绝对不是。活儿并不见少，只是价格降下来了。没办法，板爷越来越多，竞争越来越激烈，价格不降下来，货主就不雇你。你不干？好啊，一群人抢着干呢。在这件事情上，谁也不敢叫硬。将就着干吧，有活儿就好。

如果李淑红仅仅是脸色难看一点，也就罢了，王正道不会跟她计较的。可恨的是，李淑红竟然不跟他一起睡了。李淑红搬到儿子的房间里，一个人睡。王正道本想说她两句，又一想，算了。谁知道，这一分开，就是半年多。王正道有时忍耐不住，半夜钻进李淑红的被窝，却被李淑红一脚踹开了。李淑红说："拿钱来。"妈的，这日子没法过了，王正道恨恨地想。

王正道终于盼到了时来运转的那一天。一大早就有人雇用他了。整整一上午，连喘口气的时间都没有。手臂上的毛巾湿透了，揭下来一拧，哗哗的。下午也是这样，也是连喘口气的时间都没有。手臂上的毛巾也湿透了，揭下来一拧，也是哗哗的。货主也都很大方，王正道说多少，就多少，没一个压价的。说起来也应该这样。这是夏天，三十多度的高温，谁好意思跟一个出大力的板爷计较呢？

　　黄昏的时候，王正道收工了。他没有直接回家，而是到大众浴池痛痛快快洗了个澡，还破例让搓澡工给他搓了搓身子。确实是破例了。太奢侈了。由于心情好，王正道还把他缠毛巾的手艺教给了那个搓澡工。王正道说："这样，这样，哎，对了，就是这样。"

　　从大众浴池出来，王正道还是不想回家。他找了一家小饭馆，叫了一盘油炸花生米，一盘小葱拌豆腐，一海碗手擀面，半斤二锅头。有滋有味地吃，有滋有味地喝。嗨，这才叫舒服。王正道在心里说："妈的，这才是人过的日子呢。"

　　王正道回到家里的时候，天已经黑透了。

　　李淑红正在看电视。看样子，她早已吃过了晚饭。听见门响，李淑红知道王正道回来了。她没有抬头，眼睛继续盯着电视，一只手却向王正道伸了过来。

　　王正道知道李淑红的意思。李淑红每天都是这样，不说话，先伸出一只手，等王正道把钱交到她的手上。

　　李淑红竟然没有问问王正道吃饭了没有。这个娘们，太过分了。不过，王正道不在乎。真的不在乎。他从兜里掏出两张百元大钞，不直接交到李淑红手上，而是在她的眼前晃了一晃。这两张百元大钞是王正道特意从小饭馆里换的，化零为整，为的是让李淑红一目了然。

李淑红眨了眨眼睛，看清了，眉开眼笑起来，伸手去接，王正道却把钱收回去了。

王正道喷着满嘴酒气，对愣头愣脑的李淑红说："跟我睡，明早，钱给你。"

王正道到卧室里躺下了。很快，李淑红也进来了，浑身光溜溜的，白得耀眼。

出人意料的是，王正道对李淑红的到来没有丝毫反应。他已经睡了，打着响亮的呼噜。

夜深人静。一滴泪水从李淑红的眼角淌下来，慢慢地淌下来。

夕 阳

　　如果有谁在抱龙山西侧半山腰的观景台上，看见形同父子的两个男人，面对夕阳长久伫立却又默默无语，那一定是老叔和我。

　　老叔退休后最喜欢的去处，便是抱龙山西侧的观景台。抱龙山的东侧，也有一方观景台，台上建有避雨遮阳的长廊，是观赏朝霞和俯瞰瓦城繁华街区的最佳去处。可老叔从来不去。他只去西侧的露天观景台。除了阴雨天，他几乎每天都去看夕阳。我从没见过有人像老叔那样迷恋夕阳。

　　我喜欢穿越抱龙山步行上下班，回家路上，常常会遇见老叔。遇见了，就到他身边站站，跟他一起看夕阳。这种时候，老叔很少跟我说话。他不说，我也不说，什么时候想走，走开便是。

　　看夕阳看得时间长了，我也看出一点门道。说出来你可能不信，夕阳不是每天都同样大小，而是时大时小，有时大得能吓你一跳。还有晚霞，变化更多。最绚丽的一次，我拍下来发到朋友圈了，起名"五彩云霞"，收获了三百多条点赞。

　　老叔不是我亲老叔，是叔丈。不知为何，他跟我很亲近。打第一次见面就跟我亲。那时候，我只是政府办公室的一个小秘书，整天跟文字打交道。

　　老叔希望我能踩着他的脚印，一步一步走向仕途。副科长，科长，副局长，局长。在哪个单位无所谓，只要是政府部门就好，就有一番事业可干。

老叔退休前，是瓦城税务局局长。他退休后不久，税务局分成两个单位，一个叫国税局，一个叫地税局。听到这消息，老叔一整天不说话，跟谁都不说。老叔去世前不久，国地税合并了。我把这消息告诉他，他一点反应也没有。没有是对的，阿尔茨海默病，已经三年多了，他连老婶都不认识。

老叔在他退休后的第一天晚上，设了家宴，请了他哥他嫂，也就是我岳父岳母，还有我和妻子。席间他说了很多工作上的事，还对当时的局领导班子成员，就其工作能力和性格特点，一一做了点评。看得出，他对工作岗位有些恋恋不舍。可是有什么办法呢？政策摆在那里，不管姓甚名谁，只要到了年龄，都得退啊。

我岔开老叔的话头，问他退休后有什么打算。他愣了一下，说，打算？成了一块"闲"肉，还做什么打算？我说，看您说的，好多退休干部都在学书法学绘画，您老也可以试试。老叔说，嘁！

散席时，老叔给我下达了一项工作任务，每个周六晚上都来陪他说说话。随后用下巴指了我妻子一下，说，你也来。

我岳母见状，赶紧说，你俩听见没？常过来陪老叔说话。

说起来还是岳母更懂人情世故，"常过来"和"每个周六晚上都来"，指向的内容是不一样的，口气上的轻重程度也不一样。

岳父在一边插话，一个"我"字刚刚出口，就被岳母给堵回去了。岳母说，他老叔的事，你就别掺和了。

我得承认，我岳母，这位退休多年的幼儿园教师，在智力上，比当局长的老叔和当科长的岳父，都要高出不少。

"每个周六晚上都来"最终成为一句空话，"常过来"则落到实处。毕竟我也有一些必要的社会交往嘛，总得应付下来才是。不过只要有闲暇有闲心，我总去老叔家坐坐。有时自己去，有时带妻子一起去。我一个人去的次数，相对多些。

有那么一段时间，我发现老叔的话题，总跟会议有关，什么综合治理的会，什么招商引资的会，什么扫黄打非防汛抗旱的会，什么名目的都有，什么名目的会都问我一句，你们单位开过了没有？开过了还好，要是没开，老叔一定会说，得抓紧时间啊。

我对老叔的言论有些不解，说，您老已经退休了……

老叔立马打断我的话，说，人是退了，但思想不能退，政治素质更不能退！

老叔有时会留我小酌。他酒量不大，但喜欢喝。说喜欢喝也不准确，他是借酒说话。

老叔有个习惯，每晚七点，准时打开电视，看新闻联播。有时不看，但要听。那天我和老叔正在谈论瓦城创建国家卫生城市的事，新闻联播里边传出北京召开会议的消息，老叔立马撇下我，跑到电视机前，趴到茶几上做笔记。我怔怔地瞅着他。老婶碰碰我的胳膊，小声说，你老叔三天两头开会，有时开中央的会，有时开省里市里的会，有时开咱们瓦城的会，说完抿着嘴笑了。

当晚，我跟妻子说，明天你到单位带几个会议记录本回来。妻子说，干吗？我说，给老叔。妻子说，拿你单位的不一样吗？我说，不一样。

妻子那时候已经调到国税局工作了，三天两头做会议记录。国税局的全称是国家税务局。我想，"税务"二字一定会让老叔开心。

我把妻子带回来的会议记录本都送给老叔，老叔用右手大拇指的指肚摸了摸记录本封面上的"税务"字样，说了一个字，好。顿了片刻，又说，好。

老婶说自从有了国税局的会议记录本，老叔开会的劲头更足了。我不敢出声，在心里头笑，怕惊动正在开会的老叔。

老叔每次见到妻子都要询问她工作上的事。妻子在局里就是一个打杂的角色，事关全局的税收数字，在年终总结会召开之前，她很难说清楚。大事说不清就问小事，老叔每次都把局面弄得像听下级汇报工作似的。

老叔在临终前的三年多时间里换打法了，每天早晨一起床，就对老婶大叫一声，赶紧地，帮我把税服穿上，我去开会。

老叔是穿了一套崭新的税服走的。追悼会那天，我看见他躺在玻璃棺里，紧闭双眼，表情严肃，像是对谁的工作表达不满。

与诗人诀别

　　九年前的重阳节，上午十点，我和诗人老包，各打一柄黑伞，沿瓦城五一路北侧的人行道，往一居民小区里去。

　　秋风瑟瑟秋雨绵绵，在秋风秋雨中行走，无论如何都有些伤感，何况，我们此去，是看望一位病中的诗人。

　　20世纪80年代，不知何种缘故，在瓦城的文化田野上，一株接一株，诞生了好多株诗人。他们中有些至今还在顽强地大义凛然地写诗，根本不在乎有没有读者，甚至对读者嗤之以鼻。另外一些则蜕变为别样的面孔，成为别样的好汉或者孬种。

　　我们要去看望的这位，叫刘洪波，笔名波涌。无论真名还是笔名，都出自曹操的《观沧海》。曹操说："秋风萧瑟，洪波涌起。"

　　那时候我有一个对本地文士的访谈计划，老包打电话说："波涌，你再不做访谈，可能就谈不成了。"

　　"怎么就谈不成了呢？"

　　"已经化疗半年多了。"

　　噢，是这样，此前我一点消息都不知，惭愧惭愧。

　　于是急忙急促就来了，在这秋风秋雨愁煞人的一天。

　　波涌住在一栋楼房的顶层。给我们开门的是一个四五十岁的女人，脸色苍白，头发凌乱。后来知道，她是波涌的第二任妻子。她没说话，只往客厅里指了一下。顺着手指的方向，我看见波涌坐在客厅的沙发上，表情严肃地打量我和老包。

老包把伴手的果篮递给那女人。女人道谢，给我们倒了两杯开水，随后走进卧室，直到我们离开也没再露面。

波涌不是半年前的波涌了。半年前我见过他，黑而瘦。现在黑还是依旧黑，瘦却是瘦得多。说是皮包骨，也不过分。

坐到波涌侧面的沙发上，我环顾客厅，觉得房间里的布局颇为怪异。是毛坯房，粗糙的水泥地面上铺了一层地板革，有明显的凸凹。墙面也很粗糙。客厅里很拥挤，不大的空间，一个挨着一个，摆了三张床，一张双人床和两张单人床。墙角还挤着两只电视柜。墙上挂着四幅国画，装裱在木框里，画面上有清晰的水渍。

没想到我对波涌的访谈，竟是从客厅里的陈设说起。

波涌的嗓音有些沙哑："交了房款，就没有装修的钱了，只能这样搬进来，凑合住吧。"

稍顿又说："床和电视柜都是白捡的。一个年轻人雇我扔垃圾，给我五十块钱，说扔哪都行。路上有人递价，说二百行不行？二百哪行啊，我要三百，他不给，我就拉到家里来了。"

波涌说："四幅国画看见没？是一家宾馆扔的，我觉得挺好看，挂家里了。"

说到这里，波涌不好意思地笑了。

我要郑重补充一句，波涌的最后一个职业，是三轮车车夫，俗称板爷。有那么几年，他在一家中文网站圈了很多粉丝，大家都叫他"三轮车诗人"。

从闲聊中了解到，波涌生于 1956 年 7 月，比我年长十岁。该同志爱好广泛，钓鱼，下棋，曲艺，音乐，都喜欢。尤其是文学，有童子功。从小学到高中，读过的长篇小说有《红旗谱》《金光大道》《艳阳天》和《三家巷》等许多种，还能背诵相当数量的古文和古诗词。

波涌说他爱读书是受了父亲的影响。波涌的父亲，原是军队里的文化教官，20 世纪 50 年代转业到地方工作。可能是心里藏着些委屈吧，这位父亲经常酗酒，且经常醉卧街头，还经常跟老婆吵闹。波涌看不惯他，才十六七岁，就经常跟父亲干架。父亲对这位爱好文学的儿子有些胆怯，且把这胆怯一直延续到晚年。

父亲临终前，波涌回老家去看他，带了两只烧鸡。波涌使劲扯下一条鸡腿往父亲嘴里塞。父亲呜呜地哭起来，说我怎么能让你花钱。波涌也呜呜地哭起来，说我的钱最干净，你怎么不能花。

波涌的第一份工作，是瓦城果酒厂的酿酒工人。果酒厂后来转行，改名叫啤酒厂。改名才两三年就倒闭了。波涌下岗后开了一家小饭店，也是才两三年就倒闭了。心里苦啊。苦中的唯一乐趣是写诗。写了很多年，写了很多诗。其间，还到辽宁文学院"进修"了两年。

可写诗不能养家啊，在大姐的反复哄劝之下，波涌一咬牙，到街头当了板爷。

"开始的三年，心里有落魄感，自卑得很，走路不敢抬头，看见熟人赶紧把脸扭到一边……"波涌说。

"后来无所谓了，我不偷不抢，光明正大，有什么不敢见人的？"波涌说。

"就是嘛。"我说。

波涌感激地瞅了我一眼，说："这活就是脏点累点，收入还行，每月保证在五千块以上，最多时一天挣过五百。"

说到这里，波涌的目光有些黯淡："生病这半年多，体力不行了，一分钱不挣不说，反倒天天往外掏钱，心里难受啊。"

对波涌做访谈，不能不谈诗。谈到诗，波涌的目光依然暗淡，说年轻时他把写诗当成生命的全部，四十岁以后才知道自己错了，比写诗更重要的事情多的是，比如家庭，比如工作，比如健康……

波涌说他这辈子在文学期刊发表过二百多首诗，也有获奖的，但让他最得意的，是在美国的《纽约一行》诗刊上露过脸。

我的采访提纲里有一个问题，对谁都这样问："你最喜欢的东西是什么？"

波涌盯着我的脸，说："现在，还是以前？"

"现在。"

波涌垂下眼皮："现在我最喜欢二锅头，红星二锅头。"

我扭头对老包说："咱在附近找个小饭店，中午跟波涌一起喝点，就喝红星二锅头，好吧？"

老包抿嘴笑了一下。

波涌接过我的话头，说："老侯，你俩去喝吧，我没力气下楼，即便能下去也上不来。"

我陡然一愣。在发愣的同时，我看见波涌的眼角，有泪水缓缓地流下来，流下来。

闲人老许

去乡下散心，车从松树镇穿过，不经意往车窗外一瞥，竟看到那家熟悉的小店，半山阁鱼馆。

这家鱼馆擅长酱焖淡水鱼，我来吃过多次。每次来，都是老许提前打电话，约我前往。

老许是个闲人。陆游《春雨》诗中说："闭门非为老，半世是闲人。"老许就是这种闲人。

我认识老许的时候，还年轻，是以小侯的姿态在人世间"学习行走"。

小侯有一个嗜好，垂钓。无论淡水海水，也无论白天黑夜，都钓得起兴。我至今纳闷，年轻的自己竟然如此荒唐。

正是缘于垂钓，小侯才认识了老许。

那时老许是一方鱼塘之主。鲢鳙草鲤鲫，塘中都有，据说还有大个头的鲇鱼。不过老许从不正经喂鱼，偶尔割几把青草往水面一扬，或者扔几把玉米粒进去，就算给鱼开饭。

除了鱼塘，老许别无营生。

老许的发小老武，曾在鱼塘夜钓，钓起过一条七八斤重的大鲤。老武是小侯的钓友，他的鲤鱼消息，对小侯有很大吸引力。

某日傍晚，小侯与老武等三四位钓友，驱车赶到老许的鱼塘。小侯给老许带来一箱高度白酒。老武说过，老许好这口。

老许下厨，叮叮当当做了一桌家常土菜，然后举杯上阵，酒话连篇。

从此，鱼塘边的三间瓦舍，渐渐成为老许以酒会友的场所。瓦舍耸在一丘高地之上，门外是一望无际的玉米。间或出门一站，看看月色笼盖下的大野，闻闻夜幕里的草木气味，听听时起时落的虫声，心中满满的全是旧体诗词。

当小侯变成老侯之后，有一天终于醒悟，扔了钓竿，一心一意将业余精力拴在读书写作上面，但跟老许的交往还在继续。

半山阁鱼馆渐渐替代了鱼塘瓦舍，成为老侯和老许在松树镇的一个聚会地点。

老侯曾在半山阁鱼馆对老许做过一次访谈，是在酒前谈的。

老侯那时有个不切实际的欲念，想用自己的笔，为瓦城书写一部别样的"文艺志"，以此作为自己职业生涯的纪念。

实施的第一步，是对熟人做访谈。熟人好说话嘛。

以前老侯只知道老许喜欢画画，画得还不错，谈了才知道，该同志竟然是科班出身，20 世纪 80 年代后期鲁迅美术学院的毕业生。

按理，老许应该成为体制内的闲人，而不应该成为体制外的闲人。

怎么回事呢？

老许说，人事部门给他分配的单位是瓦城文化馆。老侯以为，从专业角度论，这分配很对口，但当年的小许不这样想。

小许做了一次暗访，要亲眼看看文化馆是一个怎样的所在。

这一访，访得小许心里冰凉。什么环境啊，三层矮趴趴的小破楼，一层卖服装，二层放录像，三层人挤人。

老许说："王老师那么出名的画家，屋里连个画案都摆不下，这不扯呢嘛。"

小许一生气，扭头就回家了，根本没想过要去报到。

老许所说的"王老师"，是本地最有名望的前辈画家。王老师要是知道小许当年的暗访和心絮，不知会有怎样的面部表情。

小许回到生他养他的松树镇，先是开了一家卖五金的小商店，后又开了一家小饭店，都经营不善，黄了。

20世纪90年代中期，老许在镇郊置办了两亩鱼塘。鱼塘边上的瓦舍，成为他的别居。每年春夏秋三个季节，他都住在这里。养鱼只是借口。他是以养鱼的方式，躲避城镇里的喧闹，同时以鱼塘为饵，交些爱好垂钓的酒友，比如小侯之流。

老许在鱼塘隐居了十五年。

隐居期间，曾有附近村庄一地痞，趁他不在，将瓦舍中的物品洗劫一空。老许探准消息，定制一把十斤重的大砍刀，在大年三十晚上，抢着砍刀雄赳赳找上门去，于是事情顺利解决。

老许说："我年轻时以为人间最重要的事情是画画，别的都扯淡。可我连续画了十几二十年才知道，画画更扯淡。"

2009年，老许咬牙跺脚把鱼塘卖掉，好歹给儿子在县城买了一套婚房。

老许在访谈中主动谈到自己的母亲。说他母亲三十六岁生病，住过多次精神病院，直到六十二岁病情才稍有好转，可在病情好转的当年人就走了。

老许在母亲灵前磕头，把自己的脑门都磕破了。

老许说："我是一个混蛋，没有给我妈尽孝……"

没等说完就号啕大哭。

记忆中最后一次见老许，还是在半山阁鱼馆。大锅炖，一条十几斤重的鳙鱼。老许在电话里对老侯说，这么大的很少见，你多找几位朋友过来吃。

老侯注意到，我们每次到半山阁鱼馆吃饭，老板都免费。我还注意到，鱼馆的每个包间里，都挂着老许的画作。显然，老许与老板两人的关系很亲密。

老许精心策划的鳙鱼宴，总共有八位食客，钓友老武也在。其中五位，是从瓦城专门赶到松树镇的。

酒席开始不久，老许突然说起他的鱼塘，说自从卖掉鱼塘，他的魂就没有了。

老许说："从那时开始，我活得像个幽灵。"

老许说完一仰脖，干了满满一杯酒。

开席不足半小时，老许就醉了。老板和老武二人，将老许扶到一个有火炕的房间，让他睡。

老许的离席让酒桌索然无味，才一个多小时就散了。临走，老侯去老许睡觉的房间跟他道别。炕头上，老许仰面躺着，鼾声如雷。

老侯拍拍老许的大红脸，对他说："老许你好好睡，我们走了哈，改日再聚。"

屈指算来，老侯已有五年时间没有老许的任何消息。

老许是个有尊严的人，老侯还记得他的话："我就是穷得裤头打补丁，你也不能笑话我。"

老许比老侯年长九岁，今年虚岁六十四。

盗贼老姜

阿威小酒馆，是邻居老王引我去的。特点是食材新鲜，味道好，价位适中。几道拿手菜，石锅海胆豆腐，黄豆焖凤爪，炖杂拌鱼，吃过忘不掉。时间长了不去，还馋。

老王是生意人。很硬的生意，卖钢材。几年前不知是得道还是成仙，自己给自己销了号，弃钢材于不顾，去郊区帮他爹弄果树。我斥他一句，累死累活，挣几个钱？他嘿嘿一笑，说，不是钱的事。

果园有忙有闲，忙时，整天不见老王身影，闲时，他爱跟我聊天。天南地北，大事小情，都聊得起劲。也聊身边的人。开阿威小酒馆的阿威，就是他聊出来的。他们是小学同学兼初中同学，彼此很熟。

老王喜欢喝两口，我也是。每次小酌，不管谁请，必去阿威小酒馆。阿威忙里偷闲，会亲自端一盘小菜出来，再开一瓶啤酒，敬我们几杯。实在无法分身，也让人把小菜端来。盐爆花生米，或者，小葱拌豆腐，不值几个钱，算份心意。

在老王嘴里，阿威跟阿威小酒馆，有时是同义词。

阿威是个胖子。白胖。老王淘气，阿白阿胖一通乱叫。叫什么都一样。阿威嘴角弯起，脸上笑眯眯，满满的佛相。老王说他实诚，地沟油之类，千万别往他身上想。这话我信。

借着酒劲，老王把阿威的故事讲了一遍又一遍。很多年前，有人见阿威生意火爆，生出歹意，雇人找茬。四人结伙狂吃，餐后将死苍蝇扔进菜盘，大吵大闹惊扰食客。如此三回。前两回，阿威忍了。赔笑，道歉，免单。第三回，忍无可忍，一锅开水倒过去，一个重伤，三个轻伤。

老王叹口气，就这么，阿威进去了。随即张开手掌，五年，五年哪。说罢端起酒杯，干了杯中残酒。

我也端杯，一饮而尽。

老王给我倒酒，自己也满上，将酒瓶往桌上一顿，说，阿威出来，还开酒馆，说来也怪，再无人找茬。

一日风雨交加，傍晚仍不歇，老王犯了酒瘾，在微信里喊我。实在拗他不过，便撑了雨伞，尾随他的脚步，一起打车去阿威小酒馆。以往，我们都是步行。二十分钟路途，不远不近，适合来回散步。

店中无客。老王和我，坐到散台老座位，点菜。阿威应声而出，说，今天我请客，弄几个拿手的，陪你哥俩喝。

老王咧开大嘴，那敢情好。

半个多钟点，下酒菜上齐。阿威破例端了白酒杯。老王神情大悦，第一杯，呲一下，让他干掉一半。

喝到风停雨歇，已接近子时。阿威的演讲还在继续。我第一次见阿威说这么多话。以前觉得他口讷，现在知道不是。

阿威讲的是狱中故事。不讲自己，只讲别人。费时最多的是老姜。

老姜有个绰号，叫姜大盗，人人都叫，真名反倒被埋没。此人浓眉大眼，身板壮实，数九寒天，穿单衣单裤，不冷。

老姜擅长对付保险柜。各种各样的保险柜，都能对付。

老姜是阿威的牢友，两人走得近，聊得来。

监狱里的犯人，不抽烟的少，不犯贱的也少。最常见的犯贱是捡烟头。老姜不捡烟头，也不准别人捡。谁敢在他面前捡烟头，一定没好果子吃。他会让那人把烟头吞掉。不吞不行。不吞，膀子一拧，赏一个大耳刮子。老姜力气贼大，谁都受不了。

阿威学老姜，把烟戒了。

除了对付保险柜，老姜还擅长越狱。老姜是天生的盗贼，对地形高度敏感，几乎过目不忘。他说，石头也有缝，不然咋偷？他第一次进去，才两个月，就逃了。是一座老式监狱，建在山上。老姜踩点，算时间，做准备，等机会。一日借放风之机，从旱厕的粪坑潜出大墙，沿小路下山。逢沟跳沟，逢坎越坎。至山脚，跳进水湾，洗掉浑身脏臭。正值盛夏，行前他把背心、短裤、布鞋和毛巾，全都扎进塑料袋，绑在腰间，外面套上工作服。此刻换上背心、短裤、布鞋，扮作长跑者，从郊外跑向市区。靠近市区，见路边有警车，迅速拐进树林。潜行良久，遇一高墙，跳入，竟是一家医院。摸进太平间，躺到挺尸台上，与五具尸体并列，一动不动挨到天黑。房外老鸹叫，风起，房门砰砰响。看尸人在隔壁，自斟自饮，还唱，唱的什么戏词，听不清。老姜夜半起身，溜进住院大楼，值班室没人，进去拿了白大褂、帽子、口罩、听诊器，扮成医生去查房，一趟下来，钱、糕点、水果，都有了。

老王口中啧啧，说就像演电影一样。

阿威没接老王话茬，自顾自往下说。

就这么，老姜逃了出去，到处流窜，到处偷，钱多得花不完。可有一样，夜里睡不踏实，梦中所见全是警察。也睡女人，一个接一个，可是不敢成家。想做正经营生，也不行，手痒，管不住。有苦无人诉，闷头抽烟，一天两包，抽得嘴臭。三年后回老家，与旧日狗友厮混，酒后打赌，撬一家公司保险柜。夜里真去了。从进门到得手，半小时不到。收获不小，一沓沓全是新币，五十沓不止。该高兴，却高兴不起来。心里空空荡荡，觉得过往的一切算计一切手段，都毫无意义。懊恼袭来，身子陡然瘫软，倚住保险柜，坐到地上。倏尔兴起，掏出打火机，点火烧钱。烧一张再一张。烧到第一百零一张，门外有了动静。两只手腕一并，做就擒状，对来人说，走吧。

阿威说，老姜是我的教科书，没他就没我今天。

当晚大醉，沉沉入梦，我梦见老姜烧钱，一张接一张，神态自如，状若尘外高人。细瞅，那人不是老姜是阿威。再瞅，那人不是阿威是老王。

大美十二珠

庄子说："天地有大美而不言……"

庄子说得对。天地间哪能没有大美呢？连老侯这种眼界狭窄的人，也认识一位。

只是，天地可以不言，老侯却忍不住想说说。

老侯认识的大美，是理疗师。严格说，是中医理疗师。中医理疗师你知道吧？简单说，就是运用推拿点穴、拔罐刮痧等传统中医手法纾解病痛的从业者。

第一次去大美的理疗馆，我开口就说是朋友老曲介绍来的。老曲是大美的老客户，对大美的技术评价很高。

大美一听就乐了，说，老曲留话了，你来，可以签字，他日后结账。我说，那怎么可以？

从此每隔半月二十天，我都要去大美那里整整颈椎、整整肩背……我跟大美说，老曲整哪儿我就整哪儿。

大美笑得一塌糊涂。

去过几次之后，我跟大美就算是熟人了。熟人话多，说东说西，说狗说鸡，有时也不免说到各自的以往和现在。

最近一次去，大美主要跟我讲她自己。听完，我心里油盐酱醋的，什么滋味都有。

大美的讲述很别致，像手串一样，一个珠子挨着一个珠子，然后用一条情感的丝线圈成整体。

那些珠子名叫"关键词"。

现在老侯要按着大美的讲述顺序，一个一个向读者再现那些珠子。

第一珠，暗恋。

才十四五岁，大美心里就有人了。一天不见心慌，见了心更慌。

大美每天一见他，心情就像花朵一样盛开，浑身都是香味。

第二珠，师生恋。

大美暗恋的那人，是她的班主任，刘老师。二十四五岁，高大帅气，面部有棱有角，有知识有才华，粉笔字写得好……比这些更重要的是，他特别关心大美。

大美说那时她已经没有妈了，刘老师对她比妈还好。大美举例说，每年冬天，她都坐在火炉旁边上课，别人的座位是每月轮换一次，只有她座位固定。

自习课，刘老师常常来指导大美写作业。大美心里呼咚呼咚，刘老师的话一句都没听懂。

大美说她偶尔看见刘老师在痴痴地看她。

第三珠，偏向。

班里同学都说刘老师对大美偏向。尤其是男生，背后嘀嘀咕咕很是气愤。可谁都不敢跟大美胡闹。那时候大美个子高拳头硬，根本不把男生放在眼里。

听到这里我笑了。我说我从小学到高中，每天都觉得老师偏向，不是男老师偏向女生，就是女老师偏向男生。

第四珠，失联。

说不清从哪天开始，大美跟刘老师失去了联系。大美说，很可能从小学毕业就没见过。这样说来，大美与刘老师，失联长达三十年。

第五珠，怀念。

三年前大美时常想起刘老师，往事一遍一遍在她脑子里边演电影。刘老师的高大帅气，面部的棱角，说话的语气，走路的姿势，都一天比一天清晰。

大美说，那时她心里想，刘老师若是单身，找到他她就嫁给他，年龄差距无所谓。

老侯听得发愣，觉得大美的话里可能藏有隐情，但又不想向她求证。女士的隐私，男士应该尊重才对。

第六珠，求助。

大美在路上遇见小学同学，聊起往事，谁谁怎样，谁谁又怎样，之后脱口而出，你有没有刘老师的联系方式啊？

对方说，我帮你打听打听哈，没准能找到。

第七珠，见面。

还真就找到了。没过几天，刘老师主动打电话，说，你是大美？大美心里呼噜呼噜，说，你是刘老师？

当天就约了晚饭。大美哪有心思吃饭啊，一晚上寻找刘老师当年的影子。高大帅气没了，面部的棱角也没了，不过还好，他的口头语没变，每句话开头都是"你听我说哈"。小动作也没变，每次说完话，下巴总要稍稍上扬，好像对自己的表达很满意。

随后刘老师与大美便有了走动，除了约饭，得空刘老师还会来理疗馆看看大美。每次都不空手，三斤排骨两斤虾，多少带点礼物。大美过意不去，给他买过一件别样的生日礼物。什么礼物，大美没说。

第八珠，惊愕。

同学聚会，七八个人，说小时候的乐事窘事，说刘老师的偏向。大美插嘴，说我跟刘老师已经联系上了。话一出口，桌上顿时安静下来，男生面面相觑，女生也面面相觑。气氛不对了。大美说，把我臊得呀，脸上冒火。

第九珠，红包。

每逢节日，刘老师总给大美发红包，微信红包。五一发五块一，六一发六块一，依此类推。春节发得最多，十八块八毛八。大美说，怎么有点像小孩呢？

第十珠，关心。

刘老师对大美的关心不亚于当年。大美参加了"微信运动"，刘老师也参加，还每天都为大美点赞。大美说，我的天呀，刚走几步就点赞……

刘老师似乎更关心大美的情绪，每次微信问候，大美回复稍晚些，他都要追问一句，大美你是不是生气了？

大美说，生气生气，我哪来那么多气啊？

第十一珠，照片。

刘老师经常给大美发生活照。帮孙子洗澡来一张，摘几颗樱桃也来一张，还有各种潇洒状的自拍，不间断往大美的手机里输送。

大美说，有一张拍的是大脚丫子吹电扇，我的天哪我的天。

随后又说，最可气的是，每天中午都发微信。我累了一上午，休息休息都不行，嘀嘀嘀地烦死人，逼着我给他消音。消音也不行，他会打电话来，说，大美你是不是生气了？

第十二珠，烦恼。

大美说她跟刘老师足有三个月没见面。刘老师约饭，她找各种借口回绝，微信也懒得回。

大美说现在她最怕刘老师打电话，连他的声音她都烦。

大美说完感慨一句，我多傻啊，自己把自己心中的美好给葬送了。

老侯心有所思，对大美说，有一种感情叫每天烦他一点点，你说是不是？

大美停了手上的动作，停了很久。

河上的渔民

瓦城境内最大的河流，叫复州河。清代之前叫沙河。发源于老帽山南麓，流经多个乡镇，到三台满族乡西蓝旗村注入渤海。查水文资料可知，复州河的流域面积，略等于瓦城辖区的一半。

复州河是瓦城的母亲河，可如今去它的上游和中游，你绝对看不出一点点大河的模样。或者，即便你看得出来，也是那种让你一见三叹心酸不已的面孔。

只有到河流入海口附近，用照相机的广角视界，你才能看出一些些浩渺的意味。

一群摄影发烧友，常去复州河入海口游荡。他们特别期待，在好季节、好光线、好水情等等好条件下，能为母亲河拍几张俊俏的肖像。他们眼巴巴盼了很多年，还没有拍出满意的作品。他们还在眼巴巴盼着。

他们建了一个微信群，叫"拍来拍去复州河"，常在群里晒作品，也常在群里交谈。我经常进群浏览。我想为我的系列地域风情小说或散文，选几张恰好的配图。

是文友老郑把我拉进群的。老郑爱文学也爱摄影，跟老侯相似。物以类聚，两人就玩到了一起。

前不久，老郑和我，还有一位名叫"行看流水"的网友，结伴去了一趟西蓝旗。"流水"是一位中年女性，年龄不小了，竟然穿了一条乞丐裤，显然属于时尚一族。老郑叫她表妹。也不知是真表妹还是假表妹。不管真假，我也随着老郑，叫她表妹。

老郑把车停在村子里。我们沿河岸顺流而行，不久便遇到一坨周边长满芦苇的"半岛"。芦苇的间隙里，有三名褐色的男女正在补网。一张大网，蓝色的大网。这是六月中旬的下午三点，天气很热，一老一壮两名男性都光着膀子。瘦小的老女人倒是穿戴整齐，但衣裤极脏，如同蒙了一身粉尘。水边有两条长度三米左右、漆成褐色的铁皮船。

这三位是渔民无疑。可这太挑战老侯的想象力了。我在海边长大，见惯了海上的渔民，却从来没敢去想，瓦城地域之内，还有河上的渔民。

表妹端起相机快步向前，她大概是想拍摄那张漂亮的渔网和补网的人。谁知没等靠近大网，就被芦苇丛中跃出的一条宠物狗给吓了一跳。

宠物狗长得极像狐狸，纯白色，却滚了一身泥水，弄得脏兮兮的。它跑到表妹身边，后爪起立，前爪不停地作揖。表妹说，我身上没带吃的呀……边说边蹲下身子，貌似要抚摸狗头以示歉意，不料那狗突然发飙，用前爪在她的乞丐裤上一阵乱拍，留下一堆清晰的爪印。

表妹呀呀地大叫起来，那狗随即一跃，遁入芦苇丛，瞬间无影无踪。

补网的男女都笑了起来，我和老郑也笑。

没想到表妹是一个特别擅于与人交流的人。她跟渔民间几句亲热的问答，让我知道，补网的三位，是一家三口，来自遥远的黑龙江，是某县某乡某村的失地农民……

说到失地，壮汉激动起来，站起身子，跳上铁皮船，冲着表妹发表演说。

壮汉说："我让那些干部气得……还不如养一条小狗啊，我喊它还能冲我汪汪两声。那些干部，嗨，说什么他都不理你……"

老郑闻言捅了我一指头，小声说："是骂你呢，你穿得最像干部。"说完捂着嘴乐。

我瞪了老郑一眼："你才最像干部……"

这边嘴仗还没打完，那边表妹已经结束"访谈"，起身往河岸上走。不知为何，那壮汉也跟了过来。

我用笑脸迎住壮汉，指着河水问："有大鱼吗？"

壮汉摇头："很少。都是些小鱼。多春鱼你知道吧？还有点鲫鱼啥的。"

多春鱼我知道。细长，侧扁，最长也长不过一支签字笔。孕籽期间，油炸或油煎，可用来佐酒。

我指着河流下游不足五十米处的一条船，又问："河上还有别的渔民？"

壮汉说："就我们一家。那条船也是我家的，我晚上住在上面。"

那条船上立着帆布棚，比这边的铁皮船要大许多。可为什么要住在船上呢？在村里租间房子不行吗？

壮汉看出了我脸上的疑问，说："我们在村里租了房子。

我住船上，是为了看护渔网。"

随后压低声音："有些人啊……我不在乎他们吃几条鱼，就怕他们祸祸网。"

说完像是想起什么："嗨，不好意思，今天没起网，要不能送你们一些活鱼尝尝。"

几句客套之后，壮汉进了村子。我依旧站在水边，朝河面观望，一支烟的工夫，终于看出端倪。

前后相距大约百米的两处河段，都被壮汉一家用渔网给封锁了，所有顺流而下的鱼类，大概都插翅难飞。

我这边刚刚弄清河上的巧妙，那边又传来对话的声音。我扭头一看，是壮汉的母亲和表妹，两人面对面站着说话。

老女人说："真是羡慕你们，能到处溜达，看看风景。俺们不行，哪天都得干活……"

突然无厘头地问表妹："你猜我有多大？"

表妹说："大姐，我看你指定不到六十。"

表妹真会说话，依老侯的眼光，老女人至少有七十。

老女人的音量陡然加大："六十？你瞅瞅我老成什么样子。实话告诉你，我今年五十三！"

老女人话里带着哭腔。

我们三个都愣住了。老女人花白的头发，遍布皱纹的脸，实在看不出跟五十三有任何联系。

老女人说："我还有一个儿子，车祸，在炕上躺着……"没等说完就哭了起来。

还在补网的老男人这时开口了："你少说两句，少说两句啊。"

老女人不再说话，只是嘤嘤地哭。

……

我对老郑和表妹说："我需要一张在河上起网的照片，你俩能拍吗？"

老郑问："你想写写他们？"

我点点头："对，写写他们。"

美人尖

从复州河入海口返回瓦城，我请老郑和表妹到一家海鲜馆喝酒。我和老郑都喝白的，按以往惯例，每人半斤。表妹啥酒也不喝，她说饭后要帮老郑把车开回去。

看官你瞅瞅，老侯一喝酒就忘事。赶紧补充一句，老郑是我在小说《河上的渔民》中提到的老郑，表妹是随我们一起去复州河的表妹。

一下午我都在怀疑表妹是不是老郑的真表妹。几口酒下肚，老郑说了实话。嗨，啥表妹不表妹，俩人正谈着恋爱呢。按老郑的说法，"八字已经有了一撇，要是火苗再往上一蹿……"

老郑借着酒劲一通咧咧，表妹也不恼，微微低头，面绽桃色，间或嗤嗤一笑。

我在心里为表妹点赞。年过四十的女人，还有羞涩感，好！老郑这厮运气不错。

我向表妹说了一堆关于老郑的好话。我的一番花言巧语，把老郑整得满脸通红。他频频举杯，还时不时感激我两眼。

两人一高兴，又整了几瓶啤的。

高兴归高兴，但都没喝大。收杯前我再三叮嘱老郑："那张起网的照片，得抓紧时间给我拍，听见没？"

老郑一个劲点头："指定抓紧，你放心哈，这事包在我和表妹身上。"

我在返程途中说过，我需要一两张渔民在复州河上起网的照片，为我的作品做配图。而所谓"抓紧"，是我给老郑制造一个机会与表妹独处，趁热打铁嘛。

酒后第二天，老郑给我发一微信，说他打算次日一大早与表妹去拍摄起网，还说那渔民要是不肯他就掏钱引逗他，不信他见钱不眼开。

末了老郑问我一句："你想不想一起去？"

我回复老郑一个笑脸和一个问号："老郑你真的希望我去？"

老郑说："嘿嘿。"

老郑单身已经十年。当年那个眉粗眼大的悍妻，跟老郑吵架，竟自个儿把自个儿气死了。儿子在外地，难得回家一次。老郑五十大几的人，一天天凉炕冷灶，容易吗？

早年婚姻的不如意，让老郑心寒，他把更多的时间精力，给了文学和摄影。

老郑天资一般，无论文学还是摄影，大概都很难弄出名堂。算个精神寄托吧，什么名堂不名堂。

又过了两天，老郑从微信里给我发了两张照片，我眼睛一亮，说："好啊拍得好。"

老郑回复："都是表妹拍的。"

我说："我就知道你拍不出来。"

老郑给我发了一个羞涩的表情。

我们约好，当晚还在那家海鲜馆喝酒。我说我请，为我出力嘛。老郑不允，说有好消息相告，非他做东不可。

见面时我觉得很奇怪，老郑竟然没带表妹一起来。

老郑说："今天不带表妹，咱俩好好说话。"

好吧好吧，好好说话。

老郑满面红光，开了随身携带的一瓶五粮液。他知道五粮液是我的最爱。

一口酒下肚，老郑说："我的那个天，你不知道表妹有多好。"

我一脸懵懂："你好好说话行不行？从头到尾交代。"

老郑听话，真就从头到尾交代了一番。

老郑说他那天下午在复州河边的松树林里，斗胆抱了表妹。表妹陡然一声尖叫，把他吓得一激灵。

老郑说："你不知道那叫声有多响……这么对你说吧，响声刚过，扑棱棱从树上掉下十几只松树婆，随后还掉下一只松鼠。"

我哈哈大笑："你也太夸张了吧？"

老郑一脸严肃："真的真的。"

老郑在震惊中松开表妹，并为自己的孟浪表示歉意。老郑是这样道歉的："我是一个品德高尚的人，可我实在忍不住了。"

没想到表妹闻言猛扑到老郑怀里，仰面就是一通热吻，好家伙把老郑吻得，一脑门白毛汗。

"然后呢？"

"然后，"老郑说，"晚上我们就住一起了。"

噢，速度这么快。为速度干杯！

老郑说："你不知道表妹有多响，我的那个天，响了大半夜，交响乐一般……"

老郑说："古人说什么来着？'声音之道，丝不如竹，竹不如肉'，对不对？"

老郑说完不好意思地笑了："享受啊。"

我懂老郑的意思。十年枯寂，一朝鱼水，难免有点兴奋过头，可以理解呀。

我笑着跟老郑又干了一杯。

我说："表妹单了好几年是不是？她怎么个意思？没问题你俩就把喜事办了吧。"

老郑说："嗯，我们商量好了，下个月就办。登个记，再请老朋友喝一顿，妥事！"

说完老郑话题一转："老侯你猜表妹最喜欢我什么？"

我想了一会儿，摇摇头。长相，钱包，文采，摄影，四项中哪一项老郑都不拔萃，我实在猜不出来。

老郑指了一下自己的脑门，说："美人尖。"

我瞅瞅老郑的脑门，觉得他今天除了很反常地梳了背头之外，没瞅出别的变化。

老郑急了，拿起手机"百度"给我看："美人尖，也叫美人髻，或三棱髻，额头正中头发向下探出成尖状，使左右两鬓对称呈弧形……古人常把美人尖作为评选美女美男的标准之一，有美人尖者为上品，无则为中下品……男人有美人尖点缀，更显英姿和豪迈……"

我再次观赏老郑的脑门，果然有个小尖尖。噢，表妹原来喜欢这么个东西，太意外了。

当晚临睡前，我特意到镜子前面拢拢自己的头发……唉，没有小尖尖不说，怎么还有点秃顶了呢，这扯不扯。

再婚后的老郑像换了一个人，整天精神抖擞的，就连文章和摄影，也都有向好的趋势。唯一不变的，是不管去哪儿，他都梳着个背头。

后来我注意到表妹有个习惯动作，凡是跟老郑一起出门，无论行坐，都会时不时抬头瞥一眼老郑的脑门，之后迅速把目光收回，微微低头，面绽桃色，间或嗤嗤一笑。

我在内心感叹，啧啧，老郑的美人尖。

闺　密

我一直在犯糊涂，怎么二十一世纪的老老少少，一个个都变成地下党了呢？我指的是在网络上，人人都弄个面具把真容遮住。所谓网名，照我说，不就是特殊战线的代号吗？

我身边有一堆代号，有叫老亮的，有叫老木的，还有午后茶、又一村、三山五岳、凭海临风、草木之人、举之龙也、珠珠猫等等，最让人心动的是，青青佳人。

青青佳人是瓦城文学团队里的资深女神。尽管老亮和老木都在背后嘀咕过，四十大几了还自称"佳人"，这扯不扯。他们嘴上是这么说的，真要见到佳人，这二位每次都有异样表现，一个眼睛发亮，一个神情木然。

我们平常都叫她青青。

瓦城是文学的偏僻一角，能在种种不知如何是好的忙乱中，抽暇写几篇小说、几篇散文和几首诗的人，简直寥若晨星。胡传魁有话："想当初老子的队伍才开张，拢共就十几个人七八条枪。"人家是刚开张，而瓦城作家协会已经开张三十多年了，至今还是十几个人七八条枪，你说让我这个当主席的有何面目去见阿庆嫂。在此种情状的制约之下，对每一位协会成员，我都尽量报以谦卑和友好。我是怕啊，要是他们都在金盆里洗了手，作协这座小庙不就坍塌了嘛。

为了小庙不坍塌，我每年都组织几次聚会，找个由头跟诸位聊聊天、吃吃饭、喝喝酒、打打牌。每次打牌，只要青青和午后茶在，他们一定是打对家。青青说她拜午后茶当打牌的老师了。什么时候拜的师，谁都说不清楚。能说清楚的是，午后茶好胜心比较强，经常当众训斥青青，把她训得一愣一愣的。人家青青修养好，从来不跟午后茶计较。训得最重的一次，她也只是小声嘀咕，我看你就是理论上有一套。我有时看不下去，话里话外，委婉地替青青打过掩护。她心里有数，偶尔会偷偷感谢地看我两眼。

就这么，我对青青，熟悉得就像自家小妹一样。

青青是个诗人，有时写散文，有时写小说，但骨子里是个诗人，随随便便的一字一句、一颦一笑，里边都有唐诗宋词的气韵。

青青不光是个诗人，还是个舞者，职业是舞蹈老师，举止中的美感，可做同龄女性甚至年轻女性的标高。除了舞蹈，她在声乐方面的优势也很明显。民族的，流行的，都能唱。高音中音低音，都能唱。某年春天的东屏山笔会，她伫立在一大块隆起的沉积岩上，面朝遥远的大海，突然放开歌喉，一首接一首，开了一场个人演唱会。她的长发在风中飘，纱巾在风中飘，还有裙摆，也在风中飘，众人扭头瞅她，都呆成雕像。

后来我才知道，在风中飘的，不是裙摆，而是旗袍的下摆。我怎么这么傻啊，连旗袍和裙子都分不清。人家青青是满人，还是正黄旗，人家对旗袍有一种发自内心的钟爱。钟爱倒还其次，关键是人家对旗袍有独特心得，且达到专家高度，是瓦城最著名的旗袍设计师。她跟我说，她平常最喜欢穿平肩小连袖棉麻旗袍。我随口说了声，噢。她说旗袍有很多种类，平肩，连肩，三分袖，四分袖，五分袖，水袖，单色绲边，双色绲边。我说，噢。她说做一件旗袍要十六道工序，扣烫、打线钉、拨衣片、贴宕条等等，挺复杂的。我说，噢。我嘴上说噢，心里却在纳闷，我又不是裁缝，你跟我说这些干吗，以为我能听懂还是咋地？

我们是坐在一家茶吧里说这些话的。茶吧的老板是青青的闺密，网络代号杨柳依依，大家都叫她依依。

有青青做中介，我跟依依也渐渐熟悉起来。青青跟依依是中师艺术系的校友。依依的特长是钢琴和美术，尤其是美术造诣很深，油画、水彩画、国画，都画得别致。

双休日，青青只要有空，总要去依依的茶吧坐坐。每次都要抱一大捧鲜花过去。两人先是忙着插花，然后泡茶，在鲜花和茶座之间，反复拍照。主要是依依给青青拍，拍完立刻发朋友圈。每次发朋友圈，依依都要说一句，你看俺家青青多好看啊。

青青自己也常发朋友圈。我注意到，她一天最多发过七次，全是自己的玉照，用她本人的话说，嘚瑟得不行不行。

青青有时也招几位文友去茶吧闲聊。谈旗袍的那次，我在，午后茶在，老亮在，珠珠猫最后赶到，看见满瓶满罐的鲜花，不由自主地"喵"了一声。

依依的很多往事，都是青青在闲聊时聊出来的。中师毕业后，依依连考三年中央美院。每次进京考试，都是青青陪她一起去，而每次落榜，都是青青紧紧抱住她，两人一起哭，哭得颠三倒四。后来两人都觉得就这么哭下去，也哭不出个什么名堂，还不如嫁人呢。于是相继嫁人。嫁人后两人再见面，笑声就多了起来。

青青在酒后不经意说了句，依依没考上中央美院，我挺开心的。我瞪大眼睛等下文。青青接着说，她要是考上了，你说我还有脸见人吗？

噢，是这样啊。

我最近一次见青青，是在红旗街，我们打了照面。青青还是穿一件平肩小连袖棉麻旗袍，刚寒暄两句，她就把话茬扯到依依身上了。

青青说，依依下个月结婚你知道吗？

我摇头。我只知道依依离婚快两年了，不知道她已经有了新的归宿。

青青说，新郎我见过，比依依小十岁，是个高富帅。

我说，噢。

青青压低声音，像是自言自语，说，没想到依依离了婚，还能取得这么大成就。

我在心里合计，这话啥意思呢。

青青陡然咧嘴一笑，大声说，告诉你个好消息哈，我也快离婚了。

青青说罢扬长而去。我呆立路旁，目送她离去，她的背影流光溢彩。

毛 桃

小暑一过，我的毛桃就熟了。

我的毛桃。我的。是我把它从野外挖回家的。

从家门到院门的步道东侧，是一小片菜园，周边用花草围住。紫茉莉，金盏菊，百日草，鸡冠花，指甲花，草珠子。都是爹的作品。自从家里盖了四间新房，爹的心情变得一片大好而不是小好，他年年在院子里种花。

步道西边是猪圈和厕所，没有栽树的空地，我只好把毛桃栽进菜园。东侧是院墙，墙根是它。跟我在家中的地位一样，都是溜墙根的货。

俗话说，桃三杏四梨五，意思是桃树三年结果，杏和梨，四年五年结果。这话很不着调。你栽一株手指粗的桃树，说它三年后结果，我信。你栽一株幼苗，刚刚生出两片圆嘟嘟的子叶，也说它三年结果，我不信。

我栽的是幼苗。在我的印象中，小东西都萌萌的招人爱。小猫小狗小树苗，都差不多。

我认识很多种果树的幼苗。杏树苗，枣树苗，苹果苗，都认识。我上辈子可能是果农。

我读小学三年级时栽下的毛桃幼苗，在初中二年级时结果了。鸡蛋大小，浑身是毛。吃它，得使劲搓，最好是往麻袋上搓，搓完再洗。不小心将桃毛弄到身上，刺痒得总挠总挠。

毛桃的口感，一脆，二酸，你用做游戏的心态吃它，才稍微有点意思。

"春风吹，苦菜长，荒滩野地是粮仓。"小满刚过，我和村中的小伙伴们，就结伴走向周边的山沟野地，一直持续到深秋。野地里有很多植物和动物，木本的，草本的，走的，飞的，都是我的玩伴。木本，我喜欢刺槐。五月槐花香，东南风一吹，整个村庄都香得不知如何是好。草本，我喜欢蒲公英、紫花地丁。走虫我喜欢蜗牛。飞虫我喜欢蜻蜓。

还有安徒生。我喜欢安徒生要超过蜗牛和蜻蜓。他的童话世界也有很多植物和动物：柳树，枞树；雏菊，玫瑰，豌豆；天鹅，鹳鸟，夜莺，金丝雀；甲虫，跳蚤，癞蛤蟆。此外还有人：卖火柴的小女孩、海的女儿和七个小矮人。女巫把大麦粒种进花盆，长出一株郁金香，花蕾叭一声绽开，里边坐着拇指姑娘。太神奇了，太不可思议了，太值得我一天三碗玉米粥地活下去了。

我的毛桃长高了。我把一只兔笼搬到它身边，组合成一篇童话，《小兔窗前的小桃树》。那是我在《文学少年》杂志上读到的童话，不知为何多年不忘。

但我忘了毛桃第一年结出的果子都给谁吃了。有我。还有谁？想不起来。

我能想起来的是，毛桃第二年结出的果子，谁吃谁没吃。

妈说是大嫂吃了。长到鸽子蛋那么大，大嫂吃了一只。长到比鸽子蛋稍微大点，大嫂又吃了一只。几天后，大嫂正要吃第三只，妈不愿意了，说，你就不能等它们长大吗？

大嫂是头一年秋天来我家的。爹很兴奋。大哥更兴奋。大哥二十九岁才娶上媳妇，不容易。也不知怎么回事，几年前，大哥突然在二十九岁上停止了生长。今年二十九，明年还是，后年还是。等大嫂进了门，大哥的年龄才像其他人一样步入正常轨道，三十，三十一，三十二。

　　说不清那是大哥的第几个二十九岁，我只记得，那年有个瘦高的男人频频到我家，说是给大哥介绍对象。他一进门，我家的烟囱就开始冒烟。不是做饭。瘦高男人从来不在我家吃饭。饼子稀粥咸菜疙瘩，人家不吃。烟囱冒烟是做荷包蛋。两只。每次都是两只鸡蛋。害得我妈天天去摸鸡屁股。那时候母鸡不是天天下蛋，是隔两天下一只，不像女人，面黄肌瘦的，还一个接一个生孩子。

　　我为那瘦高男人开过三次门。我把柴门拉开，立在门边，仰脸看他。我不敢跟他说话，但我特别崇拜他。他能让我爹我妈心甘情愿地打荷包蛋。我就不行，有时装病才能骗到一碗，可里边只有一只蛋。

　　后两次开门，瘦高男人用手掌抚了抚我的额头，嘴角还轻轻扯动一下。一股暖流顿时涌遍我的全身，我激动得要出汗。

　　后来知道，瘦高男人一次次都是奔着荷包蛋来的，他挂在嘴角的张家闺女李家闺女，爹和大哥连影子都没见过。

　　否极泰来。《周易》就是这么说的，否极泰来。在经历一场骗局之后，大哥陡然迎来了曙光。大嫂出现了。年轻，才二十出头，缺点是不识字。可是大哥说，居家过日子，识不识字有什么要紧？大哥还说，好看脸蛋有什么用，能出大米还是怎的？

　　妈对大嫂的到来几乎没有态度。她反应慢，从头一年秋天直到第二年夏天，她才终于有了反应，那时大嫂已经怀孕很久了。要不是爱吃酸，大嫂才不会一次次向毛桃伸手呢。妈跟大嫂斗嘴，斗不赢。说给爹听，爹无语。说给大哥听，大哥也无语。说到第三回，大哥气哼哼进了里屋，随即提了一把斧头出来。

　　一盆水，一块磨刀石，一只板凳，一把斧头。大哥坐在正午的院子里磨斧头。大哥很用力，嚯嚯嚯，斧刃越来越亮。爹，妈，大嫂，都趴在窗户上往外瞅。我走出家门，站在阳光下，想看清楚大哥究竟要干吗。

　　大哥用指肚试了试斧刃，大概觉得还行，慢慢起身，慢慢进了菜园，弯腰，对准毛桃的根部，嗖，一斧子砍下去。毛桃的叶子、果子，都簌簌发抖。我的心，也簌簌发抖。毛桃歪到一边。大哥换一角度，嗖，又一斧。毛桃倒地，果子到处滚动，一只，两只，三只……

　　一连三天全家没人说话，只有咳嗽声、咀嚼声、吞咽声、呼噜声。三天后，我听见妈跟大嫂小声交谈，声音很轻柔，是亲密无间的模样。

　　从那时开始，我远离童话走向人间。

卖 葱

朋友老刘在晚宴上讲一个卖葱的故事，刚起头我就笑。老刘瞪我一眼，说，笑什么笑？我说，我想起《手机》里的卖葱。老刘发愣，手机里卖葱？电子商务啊。我说不是，作家刘震云有个长篇小说叫《手机》，里边有个卖葱的故事。老刘说，噢。

老刘没问《手机》里怎么卖葱。他不问我也得说，话头赶到这里了嘛，对不对？

我说，《手机》里边的主角叫严守一，哎哎，拍成电影了嘛，电影也叫《手机》，老刘你没看过？老刘摇头。我用眼睛扫别人，也都摇头。嗨，你说这都是些什么人啊……

我接着讲卖葱。

严守一他爹老严，跟谁一起卖葱（那人我给忘了），一天说话不超过三句的人，跟那谁卖葱，卖得眉开眼笑，都会讲笑话了。老严的变化，让严守一觉得，世上最好的事，好不过卖葱。只不过年底时老严跟那谁算总账，那谁在账上做手脚，还背地里骂老严是傻X，让老严听见，那个气啊，从此不卖葱。老严委屈啊，说一辈子就遇到一个能说上话的，还骂我傻X。

老刘笑了，说《手机》卖葱，不如我的卖葱。

我赶紧收起下巴，说，你说你说。旁边哥几个也催促，你说你说。

下边是老刘讲的卖葱。

很久之前的事，隔现在十七八年。那时候，钱还当钱，不像这阵儿，一百块的票子，你刚掏出来，嗖一声，没了。我记得那时候我的工资也就千把块钱。

东山早市，有两口子，四十多岁的样子，天天来卖葱。不卖别的，只卖葱。一辆三轮车，装满满一车葱。半头晌散市，卖光的时候比较少，大多时候，要剩一些。

这两口子的长相怪有意思，男的细长，女的墩粗。男的不光身子细长，脑袋也细长；女的不光身子墩粗，脑袋也墩粗，还没脖子，像个碾盘倭瓜……

说到这里，老刘张开两手比画了一下，"碾盘倭瓜"你们知道吧？哥几个都点头，谁不知道呢？就是扁呼呼圆咚咚的那种大倭瓜嘛。看我们点头，老刘放心了，接着说，女的那脑袋，像个碾盘倭瓜直接放在倒置的宝葫芦上。两个人的脚也一样，对比强烈。男的细而长，三五鞋的宽度四五鞋的长度；女的宽而短，四五鞋的宽度三五鞋的长度。俩人搁在一块，看着特滑稽。

他们的三轮车也滑稽。一个车轱辘，指定是手推车轱辘。另一个，指定是自行车轱辘。也不知怎么安上的。三轮车的车座，一般都是六根弹簧上面，蒙一层皮革。他们的车座不是，是三根弹簧上面，缠几道塑料布，透明的。还没车闸。车架子上绑一块胶皮，胶皮就是车闸。胶皮拖地，需要刹车时，男的用右脚，猛踩胶皮。天天踩，鞋底的前半截，踩出一道沟。

总之这两口子，从人到车，都是一副尴尬相，看着让人心酸。

我常去买他们的葱，比别处便宜嘛。时间长了，混个脸熟，有时还互相唠几句闲嗑。赶上星期天，闲着没事，我会在葱摊上站一会儿，看他们忙忙叨叨地卖葱。我觉得挺有意思。

那天我去得晚，他们的葱已经卖完。七月的半头晌，有烧烤感，两人却不急着走。女的在清点卖葱的钱。男的在一边看。两人脸上都笑眯眯的。

我也在一边看。我看那两口子，两口子不看我。

女的清点完，对男的说，今天不赖，净挣三十六块一毛五。说完咧开大嘴，无声一笑。男的也咧开嘴，也是无声一笑。

女的瞅男的，说，二十块，给咱爹买点东西。男的瞅女的，点头，说嗯。

女的说，十块，给咱闺女买条裙子。男的点头，说嗯。突然又说，闺女有裙子，你买件衣裳吧。

女的说，我不买，我有衣裳，要不给闺女买个书包，她的书包太旧了。男的点头，说嗯。

女的说，六块，给你买两包烟一瓶酒，晚上你喝点儿。男的努起嘴唇，是飞吻的姿势，然后咧开嘴，说，你呢，你什么都不买？

女的说，还有一毛五，买根冰棍，我咂咂就行了。说完，有些不好意思的样子，脸上绽开一朵大丽花。

我看见男的突然变成顿号，愣在那里不说话，眼圈渐渐泛红。

我不忍心再看，扭过身子，快走几步，看别的菜摊。

等我再回头，两口子已经蹬上三轮，准备出发的样子。我冲他们摆摆手。男的背对我，没看见。女的看见了，也摆摆手。女的好像对男的说了句什么，随之男的扭头看我，笑笑。

我原地不动，看他们，直到他们的背影在我眼前消失。

老刘的卖葱故事，起初，引起酒桌上一阵阵哄笑。有人笑得直拍桌子，有人笑得岔气，还有人不断插话。可越往后，笑声越少，结尾处，全场静默。

故事讲完，老刘的话还在继续。

老刘说，那天，我想了很多事，想自己的种种不如意，想到最后，想开了，我怎么就不能用别人的阳光来照亮自己呢？

话音刚落，桌上响起掌声。老刘脸色通红。

瓦城上空的三姨

三姨是一名批评家。批评家给我的感觉，从来都是高高在上的。

三姨每次来瓦城，都在天上飞，而且用鹰样的目光，审视瓦城和我们。

这里的"我们"是指，岳父岳母，还有我和妻子。是不是还包括内弟和女儿，我不好说。

三姨是我岳母的亲妹妹，家住滨城。滨城是一座体量很大的城市。跟瓦城的瘦小和拘谨相比，滨城则显得心宽体胖、庄重大方。

三姨起初给我的印象，尽管居高临下，尽管目光犀利，尽管言辞咄咄，但都是对枝节问题予以砍伐，只伤你的情绪，不伤你的筋骨。后来不行了。后来，当三姨成为"有钱人"的时候，随便几句话，就把瓦城和我们，都给"灭"了。

最早认识三姨是在三十多年前，当时我还不是三姨的"外甥女婿"。大学毕业，我在回家途中，顺路来接受岳母的"面试"。三姨听说此事，专程从滨城赶来当"考官"。

几年后我才知道，三姨给我的评价，是所有考官中分数最低的。我的主要瑕疵表现在以下几点：

一、行李很脏。被子、褥子都脏得不行不行，有味了都。那时候我岳母一家住瓦房，三姨亲自在院子里给我洗被褥，还亲自晾晒，这方面她有发言权。

二、不懂礼貌。吃苹果，竟然把果核扔到地上。

三、酒量太大。一个年轻人怎么可以"那样式地喝酒"呢？

三姨是在我结婚以后说这话的。春节期间她来我岳母家做客，饭桌上说的，说得我脸上一阵阵发烧，估计是火烧云的样子。

我对三姨印象最深的是第一次请她去饭店。日子越来越好，不能总是抠抠搜搜在家里接待客人，作为三姨的外甥女婿，我得有点姿态才对。退一步说，从报恩的角度，我也应该请三姨吃吃大餐。

三姨对我们家有恩。女儿"隔奶"期间，我曾经把她送到三姨那里，住了两个多月。小丫头闹人，不送走真不行。

三姨为我女儿的成长，付出过很多心力，感谢的话，已经说过不少。但不能总是用口水感谢对不对？我的意思是，第一次请三姨在饭店吃饭，在菜品上要讲究点才行。鱼，虾，贝类，肉类，青菜，都要精心选择，该有的都得有。我心里还阵阵得意呢，觉得这下，肯定能让三姨开心。

没想到从第一道菜上桌，到最后一道菜，三姨都要问一声：多少钱？

我哪记得住哇。只好频频翻看菜谱。上一道菜，翻看一次菜谱。而每次三姨都说：贵！太贵！不上算啊。

三姨还说：我说在家吃你们不听，出来当冤大头啊，让人熊了知道不知道？

我手忙嘴乱，一脑袋的白毛汗。

一顿饭，从头到尾都是三姨的抱怨，估计谁都没有吃好。

三姨对她姐和她姐夫，也毫不客气。在三姨眼里，我岳父岳母买什么都贵，"怎么那么傻呀你们？"

去年，三姨家发生了一件事。当然是好事。三姨位于滨城郊区的十几间平房拆迁了，三姨从地产商那里拿到五百万补偿款。

三姨成了"有钱人"。

从那时开始，我感觉三姨不再是从前的三姨，那种大人物感噌一下鲜明起来。

妻子说：过两天三姨要来送钱。

我纳闷：送什么钱？

妻子说：给咱女儿的结婚红包。

我更纳闷：咱女儿还没结婚，送什么红包？

妻子说：三姨说早晚得结婚，先送了再说。

噢，还可以这样？

三姨的话，从来都是板上钉钉，谁都拗不过她。

感念于三姨的盛情，这回，我把接待标准提到最高。说来惭愧，瓦城只有一家五星级酒店。可有总比没有强啊，那就请三姨吃吃五星级的饭菜。

三姨这回一改常态，对饭菜价格一概不问。我心里暗暗赞叹，这才是"有钱人"的派头，好，很好。可吃到中途，三姨突然嘟哝一句：还五星级呢，房间这么暗。

酒店的木质门窗，以及走廊的色调，都是深褐色。三姨说得没错，瞅着确实有点暗。

尽管房间有点暗，但这顿饭吃得很好。三姨笑声频频，席间还亲切地称我为"老侯"，为此我自己敬了自己一杯酒，以示庆贺。

没想到，三姨给我女儿的红包里包了一万块礼金。旧惠新恩，让我和妻子好生感动。

当然，三姨也给我岳父岳母送了红包。金额多少，我不想知道。

第二天由妻子陪同三姨去乡下踏青。五月初，是辽东半岛最美的季节，有无限生机，有浪漫情怀，有生命的各种可能性，踏踏青，散散心，挺好。

我事先为不能陪同三姨踏青表达了深深的歉意。三姨很大度：你忙你的，我们自己玩儿。

晚上回来，妻子跟我絮叨了一通他们中午吃饭时发生的事。

中午他们在一个乡镇的农家菜馆吃饭。点菜时，三姨突然向饭店提出一个"正当"要求，她想吃几道她"以前从没吃过的菜"。

这要求过分吗？我觉得一点都不过分，谁还没有点好奇心哪。

问题是，三姨七十大几的人，而且是在乡下长大，想找几道从没吃过的农家菜，还真就难办了。

服务员一连报出十几个菜名，都被三姨给否了。小姑娘急得快哭了。三姨却不依不饶，吵吵把火的，说那什么，你们就这么接待顾客呀？你们知不知道顾客是上帝呀？你们……

最后是妻子好说歹说，三姨才别别扭扭在那家菜馆吃了午饭。

我闻言大笑：这就对了，这才是"有钱人"的样子嘛。

三姨回到滨城不足半月，就有各种消息传来，说三姨以各种名目，给每位亲属都送了钱，但在做客期间，也都粗声大气提出不少古怪的要求。

我闻言又笑：这才是"有钱人"的样子嘛。

西孙屯行记

　　三叔每年都请一次客。有时在元旦前，有时在春节前。今年是在元旦前。杀猪，请吃杀猪菜。对庄户人家来说，杀猪是大事，是招亲聚友的一个由头。杀猪菜，在东北传统名菜里，排名第一。你说，还有比这更好的由头吗？

　　三叔不是我亲三叔，是叔丈。

　　去年三叔家杀猪，照例发来邀请，岳父想去，岳母反对。家里的事，岳父每次都想拍板，只是每次都找不到板，也就拍不上。

　　今年岳母痛痛快快地说："去。"

　　寒流来袭，连续三天降温，出门拿一趟快递，竟然冻手冻脚，到了约定的日子，气温降到最低。

　　再冷也得去，已经答应了嘛。此行的目的地，永宁镇西孙屯，岳父的老家。

　　远离城区时，车内的温度才升上来，人也变得活络，你一言我一语，对话频频，就像过了惊蛰的田野，走虫草木，纷纷萌动。

　　岳母说："知道今年为啥要去？"

　　内弟接话："为啥？"

　　"今年猪肉价格低。"

　　去年猪肉价格高，岳母是想给三叔家省点肉，让他多卖钱。今年，岳母大概在心里合计，吃几口影响不大。

路过泡崖镇，内弟突然想起什么，说："王春花她妈，就住在前边不远的村子里，我们要不要去看看？"

没人搭话。内弟继续说："王春花她妈投资失败，卖了城里的房子，住到乡下来了，咱去看看她啊？"

岳母开口了："不去。"稍停又说，"这是想用反面教材来教育咱呢。"后一句，显然是对岳父说的。

内弟大笑。妻子也大笑。我这才明白，内弟是故意用一个熟人来刺激二老。几天前我接到内部情报，岳父岳母背着一双儿女，在外边搞了一回投资。

内弟经常跟父母开玩笑，把家庭气氛撩拨得像大暑天气。

笑声刚过，岳母便发起反击："我就喜欢乡下的小房子，哪天买一栋，到那时候，女婿、女儿、儿子，谁都不准来。"

说话间已经进入西孙屯地界，前边不远就是三叔家。

岳母说："继续开，到别处转转。"

内弟说："我们去小平岛转转吧。"

岳父说："去转转。"

岳父特别擅长沉默，这是他第二次开口。第一次是暗示我，以后写文章，要多歌颂祖国的大好形势。

从岳父和内弟的对话中得知，小平岛周边海域，相貌跟过去大不相同。小平岛变化更大，以前光秃秃，现在是全市最大的育苗基地，养育虾苗、参苗和各种鱼苗。眼前拥挤在一起的一大片拱状水泥建筑，就是育苗室。

内弟说："这里出过很多大款。"说话间，一辆宝马 X6

从对面开过来。内弟加重语气，"你看是不是大款。"

从小平岛赶到三叔家，刚好十一点半。打招呼。上炕。炕很热。炕上铺着毯子，下面捂着白酒、啤酒、饮料和矿泉水。三叔心细，先把酒水热上了。

我对三叔，有发自内心的好感。五六年前，三叔到瓦城参加婚宴，我跟他对喝，把他喝大了，他回家跟猪打了一架，差点用绳子把猪勒死。三叔的大女儿小哲说给我们听，都笑得不行。

杀猪菜上桌，五花肉、血肠、猪肝、酸菜炖五花肉、萝卜干炖血肠、白菜地瓜丝凉拌，都中规中矩。意外的是，竟然还有三盘海鲜，煮青虾、炖梭鱼、鱿鱼炒蒜薹。

岳父、三叔和几位童年玩伴在西屋喝酒吃肉。我怕扰了他们的雅兴，在东屋，跟几位长辈与平辈的女性一桌。

东屋吃得快，散席时，西屋酒兴正浓，说话声一浪一浪，一浪高过一浪。

这才轮到三婶上桌。她忙。早晨四点下地，忙到将近下午两点，才好不容易端起饭碗，边吃边跟岳母、妻子聊天，句句都是家常。

从家常话里得知，去年市面上猪肉贵到二三十元一斤，但猪仔便宜，才二三百元一头；今年猪肉贱到十多块钱一斤，可是成本高，猪仔一千五六，饲料也上涨了好几成。也不知是咋弄的。

三婶说："好在我不指望养猪挣钱。我知足啊。两个女儿都孝顺。小哲不用说，米、面、油，都是她往家里送。天来爱钓鱼，一兜子一兜子往家里送鱼。小睿在北京，也经常寄钱。我自己挣的，一分不花，全都攒起来。"

天来是小哲的丈夫，三叔家的主心骨。

岳母问："你一年能挣多少钱？"

三婶说："没准数。只要肯干，一天一百七到二百，中午管饭。今年十月给人家剥玉米，十天，挣两千。育苗室那边活儿更多，一年挣五六万很轻松。还天天结账。年轻人用微信，嘀一声，工钱就进了手机，有意思。"

小哲插话："我不让我妈出去干活，她偏去，怎么劝都不听。"

三婶说："我能干。周边谁家想用人，都是先找我，让我给他招工。"

我插话："三婶这是当了群众领袖了。"

都笑。三婶接着说："我现在要是五六十岁就好了，还能干好多年。"

岳母问："你今年多大？"

三婶说："六十九。"

我吓一跳。太出乎意料了。三叔是兽医，在家里享受知识分子待遇，粗活很少干，三婶一手侍弄大田、菜地、猪和鸡，一手在周边打工。日子一直这样过。没想到在六十九岁高龄上，依然是个抢手的"打工妹"。

红袜，绿裤，花棉袄，眼前这位头发稍稍有点凌乱的三婶，让我肃然起敬。

三婶说："我没觉得累啊。要是累，我早就不干了。"

岳母说："我不如你。"

妻子说："我也不如你。"

三婶咧着嘴笑，脸上的每一道皱纹里，都隐着无限的妩媚。

下午四点，三叔指挥小哲、天来和内弟，往车上搬东西。猪肘、熟肉、血肠、白菜、萝卜，都有。后备厢塞得满满的。

临别，三叔用力拍我的肩膀，说："明年杀猪，还来哈。"

我使劲点头："一定来。"

表 妹

　　屏幕上，李铁梅红着一张微胖的脸，穿一件红底白碎花的大襟女装，在奶奶面前拿腔拿调地唱："我家的表叔数不清，没有大事不登门……"

　　铁梅一边唱还一边骨碌着大眼睛，像是满屋子撒目表叔，连犄角旮旯都不放过。

　　小时候我在老家看露天电影，看到这一幕，心里特别激动，所以总看总看。

　　可惜我家没有表叔。别说表叔，连表哥也没有，只有一个表妹。我长到十几岁的时候，表妹便骑到我的脖子上了，跟我一起看铁梅。

　　表妹是我二舅的女儿。独生女。二舅死得早，遗下这么个小雏，亲戚邻居的，都跟着心疼。

　　表妹跟表叔不一样，表叔没有大事不登门，表妹却有事没事，都爱往表哥家跑。饿了吃，渴了喝，更重要的，是让表哥陪她玩耍。表哥有时能陪她，有时不能，得上学嘛。谁能想到上学那么麻烦呢，上完小学上初中，上完初中上高中，上完高中还得考大学，麻烦得要命。可你能不考吗？老师说，考吧考吧，我估摸你能考上。结果还真让老师估摸对了。那时候只要能考上大学，就有一份工作等着你，不像现在，毕业跟失业成了近义词。

为我上学的事，表妹没少跟我闹。不能陪她玩耍了嘛。但没过几年，她也上学了。不过在上学的间隙里，她还是有事没事，都往表哥家跑。

我没有亲妹妹，这表妹，就像亲妹妹一样了。

表妹大学毕业那年，正赶上取消分配。出路是考试，考公务员，考事业单位，或者应聘，不管是内企还是外企，不管是商场还是公司，全靠自己去闯。

没想到表妹考进了瓦城的工商银行。还跟我保密呢，直到上班第一天，才在手机里说："哥，晚上请我吃饭哈。"

第一顿饭必须在家里吃。得让表妹认认家门，同时跟她表嫂近乎近乎。

饭桌上，我严肃地敲打了表妹一番，说工作这么大的事，你怎么不事先跟我商量一下？嗯？考银行可以，不是不可以，可你为啥不考普城的银行？普城离家近，更方便照顾你妈，是不是？你干吗要舍近求远？嗯？

表妹说，用你管，说完嘻嘻一笑，表哥去哪我去哪。

嗨，你说这孩子。

从此在瓦城，表妹也像在老家一样，有事没事都往表哥家跑，有时我在外边跟朋友茶酒小聚，她也闹着要去。

去吧去吧，这孩子从小就被惯坏了，任性得很。

开始几次，表妹的轻率之举把我的狐朋狗友吓得不轻。哪里来的一个靓丽女孩，要脸蛋有脸蛋，要个头有个头，要身材有身材，要气质有气质，要文化有文化，却在老侯面前一口一个哥，叫得那么亲近，这里边是不是，是不是有个不可告人的情感故事呢？

朋友这么一想，眼神里立马有了别样的色彩，连酒也喝得猥琐起来。我看出他们心中的想法，只得开口解释，我真是她哥，表哥，还是亲表哥。朋友哄的一声笑起来，笑声里全是暧昧。无奈，我只好用一篇小小说的规定字数，跟他们讲了表妹的昨天和今天，然后说，不信你们问她。

每逢这时候，表妹都抿着嘴唇浅笑，笑容里似乎藏着无限玄机。

如此反复几次，周围的朋友终于相信，表妹的确是我的亲表妹，我也的确是表妹的亲表哥。

表妹来瓦城工作两年后，我才想起一个重要问题，她有男朋友没有啊？我是她哥，我得关心这事。

问了，表妹说，用你管。

我不管谁管啊？我说我是你哥，你妈离得远，这事就归我管。

表妹看出我有点不高兴，说，我抓紧就是啦，哥别生气哈。

哎，这还差不多。

从此再有酒局，只要表妹在场，我都要叮嘱朋友，各位费点心哈，给表妹介绍个男朋友，要求不高，只要家庭条件好，工作好，人品好，长相好，四好青年，就可以，听见没？

说这话的时候，表妹一直用眼珠子瞪我。瞪我也没用，这事我还真就要操点心，不然对不起早死的二舅，也对不起多年守寡的二舅母。

朋友还真卖力气，甲乙丙丁轮流介绍一遍，表妹倒也听话，你说见面就见面，你说吃饭就吃饭，加减乘除一番之后，得数全是零。有些是一面之缘，有些是吃过几顿饭，再也吃不下去了。我纳闷，表妹的心气咋这么高呢？

可这种事，你总不能强迫她吧。

表妹三十岁那年夏天，当着我和她表嫂的面大哭了一场。还是为男朋友的事。说她单位的赵阿姨，给她介绍了一个，大圆脑袋，长得像西瓜似的，难看死了。

我说，管他像不像西瓜，咱不跟他处就完了嘛，你哭个什么劲呢？

表妹说，把那么难看的都介绍给我了，那是欺负我，你们都欺负我，呜呜呜。

这都哪跟哪呀。没办法，我又跟朋友叮嘱一遍，继续给我表妹介绍哈，注意长相，脑袋一定不能像西瓜，听见没？

此后一年里，表妹平均一个月相亲两次，都是见一次面就告吹，整整吹了二十四个，包括五六个俊朗的帅哥在内。表妹说她用这种方式报复赵阿姨。

我无语。我拿表妹一点点办法都没有。

表妹三十五岁那年，终于处到一位满意的男友。婚礼前不久，她把男友带到我和朋友的酒桌上来了。刚一见面我就愣住，该男友长着一颗大圆脑袋，表妹怎么会……

一杯酒下肚，表妹主动承认，这位大圆脑袋，就是五年前把她气哭的那位。

大圆脑袋的故事，我的朋友都知道，他们闻言大笑。笑声里，表妹的脸腾一下红了，跟屏幕上的铁梅一样一样的。

　　表妹结婚后我才知道，大圆脑袋是二婚，有一个不到两岁的儿子。我还知道，大圆脑袋因车祸去世的前妻，是表妹的闺密。

　　感情上的事，谁能说清楚呢？

小　雨

　　仲夏，一个平常的小雨天气，我想起小雨。

　　小雨是我去年才认识的一个安徽女孩，在一家茶社里做茶艺师。

　　小雨离开瓦城已经半年多了。新冠疫情伊始就离开了，至今未归。这次疫情改变了很多人的生活，其中包括小雨。

　　是朋友老周把我带到那家茶社的。茶社名叫帅府轩。后来，我们合作搞了一次"茶言茶语"有奖征文活动。帅府轩的茶不错，小老板的人品不错，征文搞得也不错。

　　事后才知道，小雨竟然是那次活动的倡导者之一。

　　从此小雨把老侯叫老师。小雨很年轻，跟老侯女儿的年龄差不多，不好意思跟别人一样叫老侯，于是我给她出主意，叫老师吧。老侯原本就是个好为人师的人嘛。

　　从此老侯和二三好友，包括老周，常去茶社喝茶聊天。跟书法家老遇去的那回，聊得最好。主要是老遇在聊，我在听，小雨也在听。后来我把闲聊的内容写成一篇小文，叫《老遇的茶话》，发表到《海燕》杂志上去了。

　　老遇的茶话里，讲到两个人，一个是他的小学同学许老四，另一个是他母亲。两个人都有故事，听着都揪心。我注意到，老遇的故事，把小雨的眼泪给揪出来了，一连揪了两回。

　　其实小雨也是有故事的人。

小雨有三个姐姐，一个弟弟，貌似家里有她不多，无她不少。这种局面果然让人误会了。一个杀猪的屠夫大叔，提了一刀猪肉上门，对小雨她爸说，你家女孩多，把小雨过房给我呗，我指定对她好。小雨她爸一听这话，本来还算肥沃的面部土壤，一下子板结起来，说，女孩多不假，可我养得起。屠夫大叔听出话味不对，赶紧弯腰赔笑，那什么，不过房也行，认个干女儿呗，我会像对亲女儿那样对她。小雨她爸在心里头哼了一声，嘴上却说，这事我做不得主，你自个去问小雨吧。这话说得也在理。屠夫大叔无奈，只好把腰弯得更低，对蹲在自家院子里看蚂蚁打架的小雨说，丫头，给我当干女儿好不好？小雨抬起头，瞅了瞅屠夫大叔那一张油光光的大黑脸，哇的一声哭起来。

　　屠夫大叔事后一遇到小雨就说，给我当干女儿多好，天天有肉吃，你说你傻不傻。小雨说，你才傻呢。屠夫大叔的话一连说了很多年，小雨的回话也一连说了很多年。

　　我让小雨给逗笑了，小雨也把自己给逗笑了。

　　想让小雨当干女儿的，不止屠夫大叔一个。读小学时，班主任张老师经常让小雨去她家里做作业。一天傍晚，张老师对小雨说，小雨小雨，给老师当干女儿好不好？小雨趴在饭桌上写作业，听到这话，抬头看老师，咬着嘴唇不说话。老师以为小雨没听清，重复了一遍，小雨还是咬着嘴唇不说话。空气稍稍有点僵硬。还是老师聪明，自己给自己找台阶，说不说话就是同意，老师给你做蛋炒饭吃。小雨长到十几岁，还从没吃过蛋炒饭。不大工夫，老师就把一大碗蛋炒饭端到小雨手边，说，吃吧，吃完叫我一声干妈。

小雨突然闭上嘴巴，不往下说了。

我忍不住插嘴，蛋炒饭，你吃了没有？

小雨小声说，吃了，好香啊。

那你叫了干妈没有？

没。小雨说，吃完饭我一推饭碗，嗖一下从张老师家跑出来，一口气跑回自己家。

我哈哈大笑。小雨也笑。小雨笑着说，张老师对我，真的像妈一样。

我对小雨从安徽那么远的地方，跑到几千公里之外的瓦城来工作，很不理解。这边有亲戚？没有。有朋友？没有。有同学？也没有。无亲也无友，怎么就来了呢？很奇怪嘛。

原来是一个算命先生说小雨必须去东北，东北有她的前程。小雨说，那人说我待在家，会对父母不利，我总不能当个不孝的女儿吧？

我说，算命先生的话，你也信哪？

小雨说，倒不是真信，可是万一那什么呢？

是啊，这种事，摊到谁头上，也都难免狐疑，即便是老侯这样活了一把年纪的人，也未能事事脱俗。

小雨买了一张全国地图，用右手食指按住她的家乡安庆，闭着眼，往东北方向划了一条斜线，顿住，睁眼，挪开手指，看见两个字，瓦城。小雨对瓦城陌生得要命，可是怎么办呢？去吧，去瓦城。

到瓦城的第二天，小雨一大早就上街找工作了。这公司那公司，这酒店那酒店，挨个问。一直走到黄昏，走得两腿发麻，脚上生了水疱，才找到一份工作，酒店服务员。

半年后，因缘巧合，小雨摇身一变，成了一名茶艺师。她说她很喜欢茶艺师的工作。

小雨的故事，让我内心深处有了波澜。我想起女儿读大学期间的暑假，她从成都往西藏方向，边打工边旅游，途中也曾当过酒店服务员。那些日子，我常常站在抱龙山上眺望西藏，满脸都是惆怅。儿行千里，无论做父做母，都很担忧。小雨孤身一人在东北打拼，她父母是怎样的心情，我想我能猜出几分。

去年秋天，小雨请假回老家，住了一个月才回来。她有三年没回老家了。小雨说她省亲期间，家里杀了一头三百斤的大肥猪，还有八只大公鸡，把她吃得，体重整整增加了十斤。

小雨是我的微信好友，现在也是。半年多时间里，她有时会在朋友圈里发个图片或者抖音，晒晒自己的靓影。

几天前听人说，小雨嫁人了，嫁到瓦城北边的抚城。

看来小雨的前程，真的就在东北。我用微信向她表示祝贺。几句对话之后，小雨告诉我，她把她父母，都接到抚城来生活了。

我回复小雨，这样很好，真的很好。不料刚把这几个字发出去，我的眼泪就下来了。至于为什么流泪，我说不好。

洋　洋

洋洋是个有故事的女孩。

几天前，应洋洋之邀，我们一行四人，去长兴岛走了一趟。

此行的领队是黄兄。黄兄在那里整整工作了十年，五年前退休了，回瓦城生活。可岛上的朋友，念着黄兄的好，经常打电话，邀请黄兄回故地小聚，有时还郑重地叮嘱，带几位朋友一起来哈，人多热闹。

黄兄有时会带上阎老师、曲老师和我，一起去。

长兴岛是长江以北第一大岛。西汉时期，幽州辽东郡设文县。这是瓦城地域最早的县治，长兴岛归文县管辖。

我喜欢那两个字，文县。倘若现在的瓦城还叫文县，那该多好。

不管现在的瓦城叫不叫文县，长兴岛都不归瓦城管辖了，国家级开发区了嘛，行政级别，高出瓦城半个脑袋。

长兴岛是工业区，也是旅游区，与陆地一桥相连，海峡宽度不足四百米。每年夏天，从哈尔滨、长春、沈阳方向前来度假的游人很多很多。

我是很多很多游人中比较执着的一个。在俗世里被囚禁久了，难免要生出别样的欲望，渴求一片空旷之地，将视线放远，将心胸放宽，让无论哪个方向吹来的风，荡去积年的名利尘灰。

三年前我认识了洋洋。也是应她邀请，黄兄领队，我们前去长兴岛做客。当地几位朋友作陪。

那次我们聊得很好，吃得很好，也喝得很好。满当当的一个中午，让我们聊过去了，吃过去了，喝过去了，却兴犹未尽，黄昏时分，去了海边，吃海鲜烧烤，喝冰镇啤酒，唱卡拉OK，闹到子时才散。很开心哪。

那年中秋节的前一天，我们四个爷们，都收到了洋洋的节日礼物，一大盒月饼和一大坛白酒。此后年年都送。每次都是洋洋派人把礼物送给黄兄，再由黄兄分别送到我们手里。四个爷们的内心都很不安。最不安的，是阎老师、曲老师和我，纷纷跟黄兄说，什么时候请洋洋来瓦城聚聚呗，让我们也都表达一下心意。

黄兄把电话打过去，洋洋每次都说好，却一次也没来。她忙啊。

今年夏天，我们几个在东风湖龙头亭野餐，趁着酒兴，轮流跟洋洋说话，话不一样，但意思一样，还是邀请她来瓦城做客。

洋洋仍然没来，但很快发出邀请，请我们去她的新办公室坐坐。她说她想当面向曲老师请教一些问题。曲老师身怀别才，擅长为人授道解惑，交往数年间，我也受益颇多。

洋洋是做实业的人，每天都要说些丁是丁的话，做些卯是卯的事。好在，洋洋还有洒脱的一面。她把丁是丁和卯是卯中的大部分，都交给她母亲去做，然后，再把剩余时间和精力的大部分，都给了狗。

洋洋的母亲，是一个很精明的人，虽然上了年纪，但看得出来，年轻时绝对是个美人。趁母亲和曲老师对话的当口，洋洋小声对我说，他们都说我妈比我漂亮，侯老师你看呢？我愣了一瞬，随即告诉洋洋，别信他们的话，他们有时候会胡说。洋洋捂着嘴乐了。

洋洋的母亲认为洋洋对狗的热情过于爆棚。洋洋甩甩脑后的马尾辫，满脸都是不在乎。我在心里替洋洋的母亲叹了口气，摊上这么个女儿，你能有什么办法呢？

洋洋收养了二十多条流浪狗，泰迪，大白熊，萨摩耶，比格，京巴，中华田园犬，好多个品种。

洋洋从不在乎狗的品种，她只在乎它是不是在流浪。

洋洋说她见不得一条小狗在街头流浪。她得给它一个家。给它一个家，她心里才踏实。

洋洋曾经在路灯下跟踪一条泰迪，一连跟踪了三个晚上。洋洋说她跟踪狗的时候，脑子里什么都没有，全是狗。熟人跟她打招呼她都听不见。

跟踪三个晚上之后，洋洋终于确定，那是一条丧家狗。

丧家狗也有乡愁啊。

洋洋把那条丧家狗领回了家。那是条斗眼狗，很轻微，不仔细看你根本看不出来。洋洋趴在办公桌上，两手托着下巴想了一会儿，然后给它起了个韩国名字，朴英俊。

洋洋的狗都有名字，有土得掉渣的，旺财、富贵、来福；也有随便一叫的，老六、小八；有双声叠音的，笨笨、木木、欢欢、皮皮；还有比较洋气同时也让人犯糊涂的，艾瑞克、巴贺、杰瑞、八拖一。

洋洋有个男闺密，她叫他大师兄。这位大师兄，也是黄兄的好友，我三年前也见过。很嗨的一条汉子。

洋洋说自己是一个女性特征比较稀少的女性，她有一个男闺密，也正常。

大师兄在酒桌上对我们说，几年前，洋洋为一条狗跟人掐架。是文掐不是武掐。对方醉驾，把洋洋的小狗给轧死了，于情于理，都亏了一截。找人说情打算私了，洋洋不依不饶，谁说话都不好使……

为狗掐架的事还没说完，洋洋的手机响了。是大连市一家宠物医院打来的，说狗的事。说完，还在微信上给洋洋发来一张狗的照片。洋洋把照片给大师兄看，也给我们看。

这条狗名叫小浪。

小浪是一条中华田园犬，是洋洋今年春天收养的。收养时有皮肤病，比皮肤病更严重的是，两条后腿严重残疾，根本站不住。洋洋立马把它送到大连去住院治疗，至今已经三个多月。三个多月里，每天，医院都给洋洋打一个电话，发一张照片。

洋洋说，小浪的病情好多了，但什么时候能康复出院，医院说不准。

医院说不准，洋洋就更说不准了。

那怎么办呢？

洋洋说，继续住呗。

散席时，我们和洋洋约好，无论如何，近期都要来瓦城一趟。

我对洋洋说，你带大师兄来呢，可以，带老六小八或者朴英俊来，也可以。

洋洋哈哈大笑，笑得花枝乱颤。

小姨子的婚礼

小姨子要嫁人了，吉日定在国庆节期间。

小姨子是我妻子的堂妹。确切地说，是妻子三叔家的二闺女。这二闺女不是我的亲小姨子但胜似亲小姨子。她在读大学和研究生期间，每年寒暑假都来我家小住，辅导我女儿做那些永远做不完的作业，省去我和妻子很多精力。说女儿是在小姨的指教和陪伴下长大的，也不算过分。女儿跟她相处得很好，一口一个小姨叫得热乎。这回听说小姨要结婚，女儿在电话里欢呼起来。

小姨子先是在沈阳读大学，工科。之后考到北京读硕士，还是工科。再之后，留下不走了。听说小姨子在北京就业，我心里呼哧了好些日子。为她愁啊。吃饭应该没问题，可住房怎么办呢？

啥也别说了，这孩子心大呀。

吉日临近，小姨子和她男朋友双双从北京回到老家。

新郎的老家在瓦城，三叔家在距离瓦城不远的乡下。这样很好，嫁娶两便。

就这么，在国庆节期间，我连续参加了两场宴会，一场吃三叔的，另一场吃新郎的。

第一场是典型的乡村宴会。乡村宴会跟城里的最大区别是，厨师在露天厨房里忙活，大多数客人都在露天的酒桌上吃喝。

三叔把厨房设在家门口的公路边上,两口大铁锅,锅下是红砖砌成的简单炉灶,灶内是红彤彤的煤火。

三叔家的东邻搬走多年,院门敞开,院内长满杂草,这季节都枯干了,现出暖暖的土黄色。宴席的主体,设在东邻的院子里,排成两排。才上午十点半,客人已经坐得满满当当,等候上菜上酒。

看得出来,有人事先把东院清理了一遍。是个粗心人,只知道清理院子的中央,墙边地角的杂草,都还支棱着,高的有成年人那么高,矮的有未成年人那么矮。站在稍远处一望,那些准备就餐的上百号乡亲,就像隐蔽在草丛里的游击队员一样,颇有野炊的异趣。

我很想到草丛中去好生吃喝一回,但不行,三叔坚持要把我这个"贵客"安排在有屋顶有墙壁的空间里,跟小姨子的三位闺密坐在一桌。而且呢,都得上炕。在辽南乡下,上炕是待客的最高礼节之一。

通过交谈得知,三位闺密都是从北京乘高铁赶来的,显然是小姨子的伴娘。

三位闺密都很有品位,言语的分寸都拿捏得恰好。毕竟是受过高等教育的人,既知书又达理。她们为北京争光了。

这种场合,我这当姐夫的,总得为小姨子做点什么吧。我想了想,觉得做别的也不合适,只能在态度上照顾照顾小姨子的闺密,展示一番乡村式的热情。咱不能给小姨子的娘家人丢脸对不对?

我跟小姨子她姐，也就是我妻子，殷勤地向闺密介绍一道一道的菜肴。炸鱿鱼、煮海螺、红烧鲳鱼，还有炒青虾，你们多吃啊多吃，千万别客气，长身体的年龄，不多吃怎么行？

闺密都笑，连说谢谢谢谢。我猜她们心里会嘀咕，你才长身体呢。

新郎过来敬酒。小伙子脸上笑意满满，看着挺顺眼。小姨子的眼光不赖。

事后得知，那天三叔家共摆了三十二桌，每桌十八道菜。酒水自然不在话下。奢侈到这种程度的乡村宴会，我还是第一次见到。真是难为三叔三婶了。

回程，在车上，妻子问我，明天的正式婚礼你去不去？我说，干吗不去？去！不光要去，还要穿得利利铮铮的，给小姨子争点光，哪怕争个萤火虫那么大的光，也行。

坐在后厢的岳父岳母都笑了，很放心的样子。

小姨子的正式婚礼跟别人家的正式婚礼一样隆重。天下父母，哪个不想给儿女长脸呢？哪个不想把儿女的婚礼办得隆重一些呢？

我注意到一个新动向，最近几年的婚礼，都增加了一项内容，就是把新郎迎接新娘的录像，在仪式正式开始之前，向全体来宾播放。小姨子的婚礼也不例外。于是我看到一支庞大的行驶在乡村公路上的车队，于是我看见新郎敲新娘的家门，而伴娘们不给他开门，于是伴郎们往室内扔大把的红包……我终于意识到，迎娶仪式中钱的元素似乎比以往多出不少。

新娘和伴娘聚成一团，对新郎和伴郎喊："有钱有人，没钱走人！"那边赶紧呼应："有钱！"

于是发红包。

新娘对公公婆婆行礼："爸爸妈妈好！"

于是发红包。很大的红包。

新娘对叔公婶婆行礼："叔叔婶婶好！"

于是又发红包。

我对小姨子婚礼仪式中的每一个细节，都非常留心。以前不这样。以前不管参加谁的婚礼，都是马马虎虎瞅几眼，意思意思而已。

小姨子的婚礼，主旋律当然是喜庆色彩，细品，似乎在喜庆色彩里边，也有比较严肃的成分，比如新郎父母的脸色，看起来就挺严肃。

宴会的主要内容是吃喝，外加聊天。桌上都是娘家客，人熟，说话也随便。婚宴嘛，话题自然离不开这场婚事。

我从别人的谈话中知道，这对新人在北京买了一套小单元房，小姨子把工作几年积攒的二十万，都投到房子的首付里去了。

我从中还知道，新郎的父母，把他们在瓦城的住房卖掉了，房款也投到北京的首付里去了，现在老两口是租房子住……

我叹口气，打断这个话茬，端起酒杯说，那什么，咱喝酒哈，祝新郎新娘婚姻美满，走一个！众人响应，都端起酒杯走一个。这就对了嘛，小姨子的喜酒，哪能不喝，不光喝，还要喝好。

宴会结束时，我是娘家客里边第一个走出酒店大门的。我站在门外，看街道上往来的车辆和行人，看哩哩啦啦离开酒店的宾客，眼眶越来越湿润。

老三的约会

想起来了，那是 1976 年。我十岁。奇怪啊，我十岁，怎么老三还经常把我扛在肩膀上？

老三把我扛在肩膀上，跟他心爱的姑娘去约会。他心爱的姑娘，是本屯富农的三女儿。本屯没有地主，富农也仅仅一家，很珍贵。早些年，屯里开个批斗大会啥的，要是没有富农当道具，那怎么成啊。

老三的约会，从夏天开始。幸福那么短暂，到冬天，就成了一场风波。

先说幸福，再说风波。

夏天，每天晚饭后，老三带我出门。爹不知道老三是去约会。他大意了，以为老三带我去串门。爹大概会这样想：小兔崽子在家闹人，带走了好，清净。

老三把我带到富农家。富农家住在一个"坑"里。我说是"坑"，一点不夸张。推开院门，先要下台阶，一步两步三步，至少五六步，才到平地。这样的格局，你说是不是住在"坑"里？

老三每天晚上都往"坑"里走，出点事故也算正常。去问算命的试试？他们大概都会这样"发挥"一通。

我们走进富农家里，富农一家人，立马眉开眼笑。很多年后我才领会到，人家不是对我，是对老三眉开眼笑。

富农家的小儿子，比我大不了多少。个头很小。我那时大概个头也很小。在小学课堂上坐第一排，是个小地溜子。

每次他们都让我跟小儿子一起玩儿。老三跟别人一起玩儿。所谓"别人"，印象中，只有富农两口子和他们的三女儿。"别人"之外，我知道他们家大女儿和二女儿，都嫁到北大荒，可大儿子、二儿子，都去哪儿了？

记忆里，几乎每次，我都在富农家的火炕上睡一觉。之后，被人推醒，或者被狗叫声惊醒。醒后，总能看见老三和三女儿，一脸的兴奋。他们刚刚穿过夜色回到家里。他们什么时候出门的，我有时知道有时不知道。但他们回来之后的事情，每次我都知道。其实，我也盼着他们回来。回来后，有好吃的啊。黄瓜茄子西红柿，等等，至少半麻袋。吃吧吃吧，你能吃多少啊。每次我都是吃一根黄瓜，或者一只大大的西红柿。老三说，不着急，吃完再走。

走的时候，老三和我，手里都空空荡荡，全是风。我心里嘀咕，偷那么多，怎么不往自己家拿点儿？我只敢在心里嘀咕，不敢出声。我怕一出声，下回老三不带我出来。我不来，黄瓜和西红柿，都吃不着。

初秋的时候，老三和三女儿，有时也会带些青玉米回来。他们一回来，风箱立马响起，烀上满满一锅青玉米，随便啃。啃完一棒，再啃一棒，再再啃一棒……每个人的脸上，都涂抹了一层满足。

偶尔，也有不满足的时候。老三和三女儿，出去很久，只带回来一只空麻袋。回来后，两个人还不断拌嘴。所有人都不说话，听他们俩拌嘴。拌到一定程度，谁都听懂了，这回是让人发现了，还差点被抓了去。不过这种情况少之又少，特别特别"偶尔"。

二十世纪五六十年代大闹"三面红旗"和"总路线、大跃进、人民公社"对不对？到二十世纪七十年代，"总路线"不说了，"大跃进"完蛋了，剩下那个"人民公社"却还在茁壮成长。这厮到二十世纪八十年代中期，才结束它的苟延残喘。我在这里说句掏心窝子的话，人民公社时代，广大贫下中农，绝大多数当过小偷。相反，那些成分不好的人，"地富反坏右"以及他们的子女，却表现得比较"好"。他们不敢不"好"。

老三的约会，主要内容是偷青。到冬天，无青可偷，他和三女儿打算结婚。漫漫长夜，结婚多好，多暖和。

老三把他的想法跟爹汇报了一通。爹的小眼睛，一下子瞪得溜圆：你说什么？你说你想跟谁结婚？

我没想到，爹当年那么讲"政治"。富农的女儿呀，不行！说不行就不行！！指定不行！！！

家里的气氛不对了。火药桶经常爆炸。爹和老三，合伙制造了一场轰动本屯的重大新闻。

很多年后，我想起这事，心说，爹一个平头百姓，那么"左"，根子在哪里呀？其实不用问，就是恐惧，怕一个富农成分，会给老三，会给我们家，带来某种厄运。我想我看清楚了，当年，爹用暴跳如雷来证明他胆小如鼠。

我还记得那个晚上，爹拍了桌子，摔了碗，老三走出家门，往寒夜的深处和更深处走。我尾随在老三身后。我以为他要到富农家里去。结果不是。他从富农家房后走过，往西，一直往西，走到生产队的场院，在一个草垛边上，坐下。

天很冷。是那年冬天最寒冷的一个夜晚。我瑟瑟发抖，走到老三身边，说，回家。老三不理我。不抬头，也不说话，木头一样。月光下，老三的眼泪，像河流般反光。

那天晚上的月亮，很大，很圆，很苍白。

老三在草垛边上坐了整整一夜。第二天病倒，高烧。

经络问题

老婆多次邀请，让我跟她一起，双休日到养生馆去通通经络。起初我不感兴趣。不感兴趣的原因，是对养生馆缺少信心。经络穴位之类，是谁想弄就能弄的吗？

但我不反对老婆去养生馆。我是不想破坏她的心情。心情好才是真的好。

前不久，老婆又一次邀请我去养生馆。这回，我稍稍犹豫了一下。我的犹豫，给老婆以极大信心。

老婆说："人家说了，初春这季节，经络堵得厉害，得好好通通才行。"

这话，我并不当回事。

不过，我的身体有点异样，倒是实情。嗨，说起来有点不好意思，不知怎么弄的，一条腿，经常散发凉气。这症状，延续少说两个月。到网上查询了一下，也问了两位熟悉的中医，说，跟腰有关。

"要不，去养生馆弄弄腰？"

老婆见我有去的意思，赶紧催促："走吧走吧，你去了就知道，挺好的。"

给我弄腰的是一个长相清俊的年轻人。外地口音。说是弄腰，其实不仅仅弄腰，别的地方也弄。

既来之则安之，弄吧。

跟年轻人闲聊，知道他姓赵。小赵。

小赵说他是贵州人，住在一个小镇，就在草海边上。

小赵说："哥，草海你知道吧？"

叫"哥"，是东北人的陋习，刚见面，就哥呀妹呀叫成一片，有时还把对方的父母叫成"咱爸咱妈"，真不把自己当外人啊。

看来小赵是入乡随俗。只是不知，他心里别扭不别扭。

草海嘛，我知道这名字，于是点头。

小赵的声音高亢起来："哥，你去过？"

没有，于是摇头。

小赵说："哥，你该去看看，很漂亮的。"

我点头："有机会吧，有机会一定去看看。"

话题很快从小赵的家乡转到我的身体上了。我身上的某些穴位，在小赵的按压之下，一阵阵疼起来。

小赵说："哥，你肝火旺啊。"

一会儿又说："哥，没想到你淤堵得这么厉害。"

我不关心肝火旺不旺，也不关心淤堵厉害不厉害，我只关心，短期内，能否解决腿凉的问题。

小赵用力按压我腿部的一个什么穴位："哥，疼不疼？"

不是一般的疼，是很疼。我疼得嘴角嘶嘶作响。

小赵说："哥，能弄好。"

我能感觉到自己的眉毛似乎上扬了一下，问："几次？"

小赵若有所思："一次肯定不行，怎么说也得连续五六次吧。你得天天来才行。"

我心说，这扯不扯，天天来，我哪有时间。

见我不吭声，小赵又说："要是每周来一次，也行，不过时间得延长一些。"

我不想再谈这事，于是转了话题："小赵，你知道马悦凌吧？"

小赵显然是愣了一下："哥，她是哪家养生馆的？给你按过？"

嗨，越说越扯淡。马悦凌多大名气呀，出版过很多部养生书籍，对寒湿、气血、经络等诸多问题，都有自己的心得。小赵怎么会连她都不知道？

我没接小赵的话茬，直接问他："你的手艺，跟谁学的？"

小赵支吾了一会儿，说："哥，算是自学的吧。"

我奇怪，又问："你怎么会自学这个，干点别的不行吗？"

说完我就后悔了，这不等于是告诉小赵，我对这行抱有偏见嘛。不过，我心里还真就这么想，不聋不哑不瞎，不缺胳膊不少腿，干点什么不好。

没想到，我这一问，让小赵沉默了两分钟。

两分钟之后，小赵终于开口："哥，我都不好意思跟你说。"

我明显感到小赵的声音有些异样。故意不接话，等他往下说。我知道，既然有了这样的开头，他一定会往下说的。

小赵说："哥，我是爱上一个人，才学这个的。"

为节省篇幅，下面由我来转述小赵的爱情故事。

小赵爱上一个女孩，"特别特别爱"，表现是，女孩说什么，他就做什么，叫他打狗不撵鸡。女孩当时在一家养生馆里做"技师"，有一天女孩对小赵说："你也学这个吧。"于是小赵就到女孩所在的养生馆里当"学徒"。

小赵没说他"师傅"是谁，我猜，肯定是那女孩。小赵脸皮薄，才谎称"自学的"。

小赵说，那些日子，他心里天天都开花，美呀，跟所爱的女孩天天在一起嘛。

小赵说到心里开花后，又开始沉默。我没有耐心再等他两分钟，于是催促："后来呢？后来你怎么来大连了？"

小赵说："那女孩，有一天突然消失了，我跟她的所有联络方式，全部中断……"

喔，这样啊。

小赵像是自言自语地叹一口气，说："干我们这行的，唉……"

随后，小赵又说："那女孩说过，她很想来大连看看，于是我就来了。刚来时在市内，后来一个网友介绍，才到你们这里。我每天都在想，能不能突然在哪个街角看见她啊？"

小赵说："只要看她一眼就行。她要是不想说话，我肯定不说话。"

我心里一沉，这才知道，什么叫"特别特别爱"。

我故意岔开话题，问小赵："你打算留在我们瓦城吗？"

小赵说："哥，我不想，顶多再干一两年就回去，回草海边上去。"

我说："回草海边干吗？开养生馆？"

小赵说："不，开个农家乐。"

第二天我没去养生馆，而是找了一家中医诊所。坐诊医生是科班出身，学的就是推拿和针灸。一番交谈之后，他给我进行了针刺和拔罐疗法，临走交代，此疗法隔三天进行一次，最多三次，可保痊愈。我信医生的话。一次治疗，症状就减轻了很多，哪能不信呢？

不过呢，要是下个双休日，老婆还邀请我去养生馆，我肯定还会去。去了，肯定还会让小赵给我通经络。

老婆说得对，初春季节，通通经络，挺好的。

黑　妞

在老侯的情感生活里，曾经有过黑妞情结。至今想起，心中依然阵阵发颤。

故事发生在 20 世纪 80 年代中期，老侯读高中期间。十七八岁，十八九岁，小屁孩一个，叫老侯不合适啊，改口，叫他小侯。

小侯在读高中的三年里，总共认识三位黑妞。说是黑妞，也不是特别黑，不像非洲人那样，黑得一点情面都不讲。只是跟常人相比，稍稍黑了一点，有点印度人的意思。严格说来，是棕色。不过，谁都不说棕色，都说黑，都说是黑妞，让你一点办法都没有。

三位黑妞中的两位，曾经让小侯心动。

读高二那年，夏秋之际，几乎每天傍晚，小侯放学回家，总能跟一个黑妞相遇。小侯从北向南，黑妞从南向北，在紧挨着槐树林的那条小路上，那么美好地擦肩而过。那时候，槐树的花季早已过去，可每次擦肩的一瞬，小侯的全部情感，都陡然跌倒在槐花的香气里。待花香渐渐散去，小侯才慢慢调整好呼吸，一边脸上发烫，一边心里感慨：多好的妞，身材那么好，脸蛋那么好，尤其脸色，那么那么好，让人怎么活啊？

小侯心里头惦记，晚上睡不踏实，在土炕上烙烧饼。

小侯遇到了难题，怎么跟黑妞搭个话呢？这问题没有答案。没有。说什么呀？小侯不知如何是好。毕竟，那是看女孩一眼就心跳加快的年纪。是青春啊。

夏天过去了，秋天眼瞅着也过去了，黑妞姓啥叫啥，多大年纪，家住何方，等等重要问题，都一概不知。还不能问，严格说是不敢问，只能猜。小侯猜，黑妞要么十七八，要么十八九。应该住在相邻的另一个村庄。小侯所在的村庄，叫西城村。相邻的另一个村庄，叫宋家村。宋家村里，姓宋的多。黑妞姓宋的危险性，很大。每天傍晚从南向北而行，应该是在南边的国有捕捞场上班。

小侯这时候才想到，这妞，年纪轻轻的，怎么不上学呀？深秋的某一天，黑妞不见了。小侯在路边像傻瓜一样等到天黑，还是不见踪影。当晚，小侯烙了一夜烧饼。

此后每天每天，黑妞都不再出现。太闹心了。那些日子，小侯除了烙烧饼，还对整个人类的前途，感到绝望。

可喜的是，第二年春天，槐花飘香季节，黑妞再次出现在小侯眼前。不过，这黑妞不是那黑妞。这黑妞总是跟三两个白妞一起，在槐树林里漫步。

小侯也经常出现在槐树林里。清晨，黄昏，有时是中午，手里拿一本书，背书。

每次看见黑妞，小侯心里都呼嗵呼嗵。还是那么黑啊，还是黑得那么好看，好看得那啥那啥的。

那些日子，槐树林里真香啊。

这回，小侯不用问也知道，黑妞肯定是卫生学校的学生，未来的小护士。那个卫生学校就坐落在槐树林边上，小侯上学放学，都从大门口经过。

小侯经常隔着一道很深的壕沟，跟黑妞对视。小侯看黑妞，黑妞看小侯。黑妞身边的三两个白妞，也看小侯。小侯一动不动。黑妞一动不动。那三两个白妞，也都一动不动。这镜头的长度，恰好跟一首陕北民歌的长度相等。那首歌里唱："一座座山来一道道沟，我照不见那妹子我不想走。远远地看见你不敢吼……咱拉不上那话话咱招一招手。"

小侯跟黑妞，没拉上个话，也没敢"招一招手"。小侯怕一招手，会吓到她。

槐花凋谢的季节，壕沟那边，黑妞不见了。小侯心里咯噔咯噔，整夜烙烧饼。

第三位黑妞，时隔二十几年以后才出现。此时小侯已经变成老侯。老侯在酒桌上跟朋友老周聊天，不经意间，聊到往事里的黑妞。老周顿时兴起，一张嘴，把又一个活生生的黑妞，推到老侯面前。

这黑妞，是老周的下属。提到名字，老侯立马想起，是高中的小学妹嘛。比他低一个年级，还是一个村的。两家的住处也离得不远，前后屯，顶多一两公里。有时上学或放学路上，能看见。不过从来没有结伴而行。也很少说话。那时候，男女生之间，话少。

老周借着酒劲嚷嚷，黑妞说读高中那阵子，一天不见你，就像天上没太阳。

忽悠，老周你就忽悠吧。

老周急了，黑妞亲口说的，能有假？

老侯不信，无缘无故的，人家跟你说这个？

老周像螃蟹一样瞪起眼珠子，说，你是名人嘛，有时在单位里拿你显摆一下，证明咱也挺有文化的是不是？让黑妞听见，才跟咱聊起你，聊得眼泪吧嚓的。

咦，真有这事啊。老侯心说，当年那个小侯傻不傻，怎么一点感觉都没有呢？

老侯也借着酒劲感慨一句，嗨，这丫头，怎么不早说，害得老侯找媳妇那么费劲。

老周是有心人。没过多久，找了个借口，摆了一桌小宴席，让老侯跟黑妞见了一面。气氛不算热烈，但很融洽。说起陈年旧事，黑妞抿着嘴笑。老侯注意到，黑妞笑起来的时候，挺好看。当然，黑妞不笑的时候，也挺好看。

老侯稍稍有点奇怪，这么多年，黑妞还那么黑啊。

之后无话。大约隔了半年，老侯跟老周小聚，老周不经意说起，黑妞读老侯赠送的小说集，七八遍不止，还写了厚厚一大本读书笔记……老侯闻言，端酒杯的手，倏然一抖。

当晚，老侯像当年的小侯一样，心里呼噜呼噜，整夜烙烧饼。

乌　鸦

村里人哪有不羡慕老钱的？要吃有吃，要喝有喝，还一人吃饱全家不饿。这是全村共识，谁都没有异议。他唯一让人看不惯的，是五冬六夏一身黑，瞅着有点像乌鸦。

老钱不光是要吃有吃要喝有喝一人吃饱全家不饿，还傲气得很。组织上原打算安排他当个生产小队长，他不干，怎么劝都不行。他说自己颠着一条腿呢，当领导影响组织形象。让他当会计，他没法推辞，整个卡屯，确切地说是整个生产小队，实在找不出比他更有文化的人了。他早年在皮镇的一所小学里当过勤杂工，会写张王李赵，会背乘法口诀，他不当会计，谁还敢当呢。

大家说老钱有吃有喝，指的不是棒子面饼子和稀粥，也不是咸菜疙瘩和凉白开，而是吃香的喝辣的。谁不知道炒花生吃着香、白酒喝着辣呢。老钱对白酒要求不高，一块钱一斤的瓶装酒，或者七八毛钱一斤的散装酒，都行。

老钱能吃香能喝辣，全是依仗老朱。老钱跟老朱，有过命的交情。很多年前，一支队伍跟另外一支队伍，在皮镇附近打拉锯战，老钱和老朱都是支前民工，在拉锯过程中老钱救过老朱的命，那条受过伤的腿便是铁证。后来老朱在皮镇的国有单位里一路高升，当了个一把手。老朱不忘老钱的救命之恩，每月开了工资，都要到卡屯看望老钱一次，伴手礼永远是两斤花生和两斤瓶装白酒，临走再留下五块钱。五块钱的正面，是戴前进帽的钢铁工人，如果不是老朱，老钱哪能月月都跟钢铁工人打上个照面呢，那是不可能的。老钱站着不比别人高，躺着不比别人长，别人一天挣五毛，他也是五毛，挨到年底才分红，扣下口粮钱不剩个啥，哪有闲钱买酒呢。

老钱每天除了记记账、算算账，再就是一颠一颠地四处溜达，等于说是半个闲人。闲有闲的好处，但也有闲的坏处。老钱一闲下来，就想吃点香的喝点辣的，却不知不觉就喝高了。

老钱酒量不大，一过三两就醉，有时醉得一塌糊涂。要是醉在家里也就罢了，他不，他是随时随地，有时醉在海防林里，有时醉在海滩上，更多的时候是醉在皮镇。老钱进了皮镇供销社，来到卖散装白酒的柜台前，说，来一提。一提二两，倒在一只小搪瓷缸里。老钱从兜里抠出两粒花生米，扔嘴里，嚼，嚼得满嘴喷香，用力一咽，迅速端起搪瓷缸，一仰脖，一两酒就下去了。再抠出两粒花生米，再嚼，再一仰脖，剩下的一两酒也下去了。到此为止，啥事都没有，关键是他逛完街，回家路上走到供销社门前，又管不住自己的腿了。钻进去，再来一提，喝完出门，一见风人就不行了，晃晃悠悠，没走出三步就倒在路边。消息传回卡屯，小队长便打发人，用粪筐把他抬回去，有时扔在饲养员的小屋里，有时就扔在场院上，供全体社员参观。

老钱的形象就这么一天天一年年被自己弄得猥琐起来，他的身体状况也这么一天天一年年地委顿下去，直到某年的大年三十，他永远地醉了过去。

老钱小时候是孤儿，死前是光棍。死后不久，老朱就搬到他生前居住的小院套里，直到退休后，仍然住在那里。对于老朱的到来，卡屯说什么的都有，但都是背后嘀咕，没人敢上前去质问老朱，就连生产队长也不敢。

老钱住在卡屯最东边，独门独院，紧挨着海防林，离我家四五十米的距离。我读初中和高中那几年，经常在老钱家门前走动，那是我去海边的必经之地。

老钱家已经不是老钱家了，是老朱家，我得改口才行。

老朱搬过来没几天，就在院子里立起一个索伦杆。起初我不知道叫索伦杆，是听老人们说的。老人们还说，索伦杆是用来喂乌鸦的，满族人有乌鸦崇拜的习俗。

老朱的索伦杆离房檐很近，高出房顶不到两米。我亲眼看见老朱踩着梯子登上房顶，往索伦杆顶部的方斗里撒高粱和玉米，逢年过节，还要撒点花生倒点白酒。

老朱很快就跟乌鸦交上了朋友，我也很快跟老朱交上了朋友。我不记得我是以什么借口走进老朱家的，或者是老朱主动招呼我进去也说不定。我吃过老朱的炒花生，看过他的《红岩》和《暴风骤雨》，便对乌鸦也有了别样的了解。

老朱说他在海湾里钓鱼，去树林里睡午觉，醒来发现一只乌鸦把钓线从水中拽上来，正在偷吃他钓到的胖头鱼；他说他看见两只乌鸦合作，从水獭口中夺食，一只先去啄水獭的尾巴，另一只趁水獭分神，迅速把鱼夺走；他说乌鸦可以模仿其他鸟类的叫声，比如猫头鹰；他说乌鸦是最早识别稻草人的鸟，它们喜欢站在稻草人的肩膀上嘲笑农民；他说乌鸦爱做游戏，衔一根小树枝飞上天，一张嘴，树枝掉落，紧接着一个俯冲，再把树枝叼住，如此循环往复……

哇，乌鸦这么厉害，我都有点仰视它们了。

在我高中毕业前，某日黄昏，老朱脸色凝重地对我说，一大早，他家的房顶上，有一大群乌鸦在盘旋，呱呱地叫，像开会一般，随后由一只硕大的乌鸦带队，扑棱棱向长山岛的方向飞去。只见飞去，不见飞回。

老朱说，老钱活着的时候念叨过多次，死后要变作一只乌鸦。

老朱说他立索伦杆就是为了祭奠老钱。

老朱指着日历牌，说三十年前的今天，老钱站在海边迎接来自长山岛的新娘。老钱站到天黑也没接到人。后来得知，新娘搭乘的渔船，遭遇了一场龙卷风。

老钱就是从那天开始酗酒的。说这话的时候，老朱眼睛直勾勾的，往天上瞅。

天上空荡荡，几丝云，一缕风。

休假的日子

二宝一晚上没合眼。天蒙蒙亮时，总算迷迷瞪瞪打个盹，还做了一个桃红色的梦，梦见初恋季节的王翠花。那时候王翠花长得多好看啊，像新鲜的小玉米粒，圆嘟嘟的小脸，圆嘟嘟的小嘴，圆嘟嘟的小鼻子……二宝满脸是笑，在梦中流了一地哈喇子。

没等笑意从脸上散去，梦中的王翠花，砰一声，突然变成玉米花，有了圆嘟嘟的大脸，圆嘟嘟的大嘴，圆嘟嘟的大鼻子……变成了玉米花的王翠花嗖一下冲到二宝面前，抬手一巴掌，说："倒霉鬼，醒醒，该上班啦！"

二宝打个激灵，撑开眼皮，看了老婆王翠花一眼，嘴里嘟嘟囔囔："叫什么叫，我休假呢。"

王翠花穿戴整齐，是要出门的样子，听二宝这样说，一脸的不乐意，转身就走，边走边说："你就天天休假吧，别吃饭，好好休！休死你！"

自从二宝开始休假，王翠花的表现越来越不像话，脸色一天比一天阴，话里话外的感叹号多得数不清。二宝看得出来，这是黑云压城的阵势，是风雨欲来的阵势，自己得多加小心，时时准备闪转腾挪才行。

其实二宝一点也不想休假。可总经理非要给员工放假，你说二宝，一个货车司机兼装卸工，在全公司的一百多人里边，只能算是一块边角料，他能有什么办法？

二宝已经休了两个月，不知道还要休多久。放假前，总经理说了："什么时候上班，等电话，啊，这个这个，等电话吧。"

从休假的第二天起，二宝就特别重视自己的手机，整天盼着铃声响。去东山公园溜达，他时不时掏出手机看几眼；去西山公园溜达，他时不时掏出手机看几眼；去南山公园溜达，他还是时不时掏出手机看几眼。等电话的心情可以理解，你拎起耳朵听就可以，看什么看？这道理二宝不是不懂，可他偏偏忍不住要看，一天不知要看多少眼，有明显的强迫症迹象。这期间，手机倒是响过几十次，但跟公司有关的响声，只有三次：一次是几个工友喝闷酒，喊他去；一次是工友打麻将，三缺一，喊他去；一次是工友的奶奶病逝，在北山火葬场搞告别仪式，喊他去。前两次，二宝都找借口回绝了，最后一次，不好意思不去，心里头却啐了一口，他奶奶的！

二宝的预感非常准确，只是没想到暴风雨来得这么快，当天的晚饭，他喝了一口豆腐海带汤，无话找话，说："嗯，有点咸。"谁知这一声嘀咕，一下子把王翠花的气囊给引爆了。王翠花摔了筷子，说："嫌咸是不是？咸你别喝啊，谁逼你喝了？你整天闲得屁颠屁颠，东山公园遛遛，西山公园遛遛，南山公园遛遛，到处看光景，还有北山，也是去看光景！在家啥也不干，喝口汤还咸了，你是不是不想过了？"

你说这扯不扯，成心找茬嘛。王翠花比二宝小一岁，今年四十七。四十七岁的人了，还这么任性，二宝心里不爽，放下筷子，起身，穿外套、皮鞋，咣，摔门而去。

能去哪儿呀，还不是溜达。在夜色里溜达了一个多小时，到了，还得回家。推开家门一看，不得了，女儿女婿都回来了。王翠花拖着哭腔，正跟女儿数落二宝，一口一个倒霉鬼，见二宝进了家门，嗓门突然拔高，说："这日子没法过啦，我跟他离！"

二宝像傻子一样站在门口，一时不知说点什么好。

女儿阴着脸，走到二宝面前，眼睛直勾勾看他，连声爹也不叫，说："你太过分了，你怎么能欺负我妈！"

二宝的嘴角开始发抖，一抖一抖一抖，说："她她她……"

多亏女婿反应快，从那张老沙发上弹起来，弹到二宝身边，小声说："爹，咱俩出去说话。"

女婿把台阶一铺，二宝赶紧下楼。

女婿把二宝引到小区附近的一家酒馆，爷俩天南地北地聊天。女婿脑子好使，一点责备二宝的意思都没有，也不提他跟王翠花之间的纠葛，一个劲顺着他的话题往下说。二宝一晚上心里堵，这时候有点透气，肚子也饿，饭菜吃得香，酒也喝得顺畅。一瓶白的，爷俩分了，二宝喝了三分之二，女婿喝了三分之一，还不尽兴，每人又整了两瓶啤的。

喝得有点急，没等离开饭桌，二宝的酒劲就上来了，有点晕。女婿赶紧结账，搀扶二宝回家。没想到，刚进家门，二宝哇的一口，接着又一口，将刚刚咽下肚的酒肴吐了一地。二宝腿一软，身子瘫了下去，正好坐在那摊秽物上面。

王翠花还在客厅里跟女儿叨叨叨，看见这一幕，火了，奔过来，指着女婿的鼻子，说："你这孩子这么不懂事，怎么把你爹喝成这样！"一扭头，冲女儿："还有你！每次回家都添乱，都给我滚！"

这是不讲理了。明明是你王翠花把女儿女婿召回家的，这会儿，又成了人家来添乱。这话太伤人了。女儿腾一下站起来，走到门口，对发愣的女婿说："我们走！"毕竟是王翠花的女儿，性格多少有点像她妈。

王翠花把瘫坐在地的二宝拽起来，开始收拾残局。她剥了二宝的外衣，清理一下衣兜，扔进洗衣机，之后用热毛巾给他擦脸，再把他摆到床上去，盖上被子，回身，又把地板清理干净，好一通忙活，脑门上汗津津。

二宝终于睡了一个好觉，两个月没睡过这么舒坦的觉。早晨醒得早，看一眼身边还在酣睡的王翠花，想起昨晚醉酒的事，心里边竟然无限柔软："这娘们，刀子嘴豆腐心，豆腐心哪。"

想到这，二宝心里陡然一动，本来，在王翠花这边，他也一直都充当"司机"的角色，可这两个月，不知怎么，自己连王翠花的方向盘都没摸一下，不应该啊。要不是身子软，二宝会立马付诸行动。想想，还是等晚上吧，晚上。

为了补偿自己在王翠花身上的怠工，二宝悄悄起身到外边买了早点，是王翠花最爱吃的豆浆油条。这是破天荒了。吃早点时，二宝看见王翠花的脸上有一缕掩不住的笑意。他知道，这场暴风雨，来得快，去得也快，一场情感危机，算是过去了。

吃完早点，二宝站到窗前，往外看，心里合计，今天，今天该干点什么呢？这时候，手机响了，急忙拿起，看屏幕，竟然是总经理打来的，还愣着干什么，赶紧接啊。

关了手机，二宝的神情有些异样，眼圈里泪光闪闪。也许，他的假期，已经或即将结束了吧？

婶的凄凉调

老家来电话，说东子大哥不行了，想见我一面。我二话没说，上车就走。

电话是我亲哥打来的。四哥。东子不是亲哥，老邻居，乱叫的。说乱叫其实也不太乱，东子跟我亲大哥年龄差不多，我叫他哥，也算正常。

东子命苦。从小没爹没妈，被他婶收留养大。东子二十几岁那年，他婶死了。四十出头，赶上闹运动，东子有"历史问题"，被个什么组织从县城赶到乡下。东子成了"下放户"，下到我们屯子里，跟我家做了邻居。

东子原先是有老婆有孩子的。老婆是个能人，混得挺红，常有"飒爽英姿"的举动。东子的"历史问题"刚一暴露，老婆便旗帜鲜明跟东子"划清界限"，把东子赶出家门。等于说，从此东子在县城，连个歇脚的角落都没有了。

五十五六岁，东子被"平反"，组织上允许他回县城，他却坚决不回，去村子附近的小镇，做了中学教师。不搬家，还住在我们屯子里，还跟我家做邻居。

东子对我，有启蒙之恩。在他辞别人世之际，我去送送，说两句贴心贴肺的话，应该。

不到两个小时车程，我赶回老家，直接去了镇里的医院。四哥在医院陪护东子。寒暄几句，我示意四哥回避，我要跟东子单独说话。四哥临走时抱怨一句："东子太固执，坚决不去县城的医院。"

关上病房的门，东子哑着嗓子说："找你来，是想把我的身世告诉你……"

我愣了一下。东子身上，还有我不知道的秘密？

东子说："我婶，不是我婶，是我亲妈。"

我吓一跳。

整整一下午，东子哑着嗓子，断断续续，讲了他婶的许多往事。傍晚时分，东子不讲了。东子用枯枝样的手指，抓住我的胳膊，说："你写，你写写我婶！"

"我写！"

东子长吁一口气，闭上眼睛，不再说话。

现在，东子的"七七"已经烧完，到我兑现诺言的时候了。

东子三岁时没了爹。家族中老辈人说，东子这小子命硬，把他爹克死了，劝他妈把这小子送人，轻手利脚的，也好再找个人家。他妈不干。族人说，能克父就能妨母，你再有个三长两短怎么办？他妈说，我不是他妈，是他婶。说完这话，他妈抱着东子噔噔噔进了家族公用的磨坊，跪在碾盘面前，让东子叫碾盘亲妈。东子叫了，婶号啕大哭。

从此人前人后，东子都把亲妈叫婶。

东子告诉我，族人叫婶把东子送人，其实是想把婶撵走。把独子都送了人，你这个年轻小寡妇，跟人家整个家族，一点点关系也没有了，不走也得走，对不对？

东子生在一个张姓大家族中，整个家族支系纷繁。东子祖父这一支，盘踞县城多年，以经商为业。祖父过世后，家业由大伯掌管。等东子没了爹，婶和东子，便成为大家族中最受冷落的一个枝杈。

东子祖父在世时，老张家的人气，曾经让大半个县城为之惊叹。每天都有亲戚登门，每天家中都有酒席待客，逢年过节，更是人声鼎沸。来客以坐车骑马者为多，极少数骑走驴。坐车骑马者为上宾，进院后直接被下人引入上房。骑走驴者中庭止步。

偏偏东子的姥爷家，穷得连走驴也没有。人要脸树要皮啊，索性主动跟老张家断了来往。

这些事，都是婶过世前告诉东子的。

亲家之间可以不来往，婶却不能不跟父母来往。但也不敢常来往。节日之外的走动，看着，颇有些蹑手蹑脚。

东子还记得，姥爷会拉二胡，爱唱几句皮影戏。夏日歇凉，喜欢跟几个老戏迷聚在九神庙前的老柳树下，可劲儿亮嗓子。

东子说他姥爷的二胡是县城一绝。

东子家离九神庙不远。婶每天都能听见东子他姥爷的二胡声。有时会停了手里的活儿，静静听一会儿，脸上笑眯眯的。

东子姥爷的二胡声，不总是悠扬喜庆的，有时会断肠揪心。要是偶尔一两段断肠揪心，婶不会在意。要是整晚上都断肠都揪心，婶的脸色就不对了。第二天上午，一准会把东子送到他大伯家，匆匆忙忙回家一趟。

东子说，他姥爷那个断肠揪心的凄凉调，不是在大柳树下拉的，是在鼓楼上拉的，身边没人。

东子说，婶的心里，也有一腔凄凉调。东子还说，他的命不苦，婶命苦。

东子的青春期，赶上战乱。中学毕业那年，解放战争爆发，为一口饱饭，东子穿上了军装，成为东北保安副司令郑洞国的部下，在司令部跑腿。1948 年 10 月中旬，郑洞国在长春投诚，东子也成为东北人民解放军的一员，之后国内战场、朝鲜战场都有他行军的脚印。后来，给郑洞国当差那一段，便成为他的"历史问题"。

1948 年底，全东北一片红，东子回老家探亲，见婶最后一面。此时，东子和婶已经三年没有任何联系。三年里，婶天天哭，哭得昏天暗地，双目失明。

东子回到家，才知道婶已病重，不能下地。婶躺在土炕上，用颤颤巍巍的手，一遍遍摸东子。摸头，摸脸，摸下巴。摸到东子的胡楂，又是一通大哭。

东子在婶身边陪了六天，第七天要归队，婶把东子搂在怀里，喊："东子你叫我妈，大声叫，我不怕你克！"

东子跪在婶面前，一连串吼了十几声"妈"。

婶擦干泪，说："东子你走，高抬腿迈大步，妈要听你的脚步声……"

在病房里，东子说到此处，忍不住一阵哽咽，泪水哗哗，瞬间淹没一张脸。

此后几十年，东子常常梦见他婶。梦里，东子口渴晕倒，婶抱着他，给他喂水。每次梦见，东子都哇哇地把自己哭醒……

就写到这里吧，东子哥安息。

桃花庵传奇

乾隆一生六次南巡，无一次不巡幸扬州。必经之水路，叫草河。草河两岸商铺栉比，酒馆茶肆，歌坊舞榭，浴池染坊，花鸟鱼市，应有尽有，一片繁华的尘世景象。

说来也怪，出家人似乎也不甘寂寞，先后在草河边上，添置了几座寺院。乾隆年间香火鼎盛的寺院，有禅智寺、大王庙等，而在长春桥一带，最抓人眼球的，是桃花庵。

桃花庵有大门三楹，大殿三楹，殿后有"飞霞楼"三楹、僧舍三楹，另有"见悟堂"一楹。这般规模，叫个什么"寺"，也叫得起。偏偏当家住持石庄大师不肯。他不肯，谁都没办法。

关于扬州风物，清人李斗的《扬州画舫录》和阮元的《广陵诗事》等笔记小说记载甚详。据前贤笔记介绍，桃花庵周边，"野树成林，溪毛碍桨"。意思是岸上植被茂密，河中水草也茂密。话说得别致。但这般风景，在俗人眼里，实在平常。

桃花庵之奇，奇在别处。

桃花庵周边，有人栽下近千棵桃树。桃花盛开季节，远远望去，红彤彤一片云霞，让诗人的心，小兔子般一阵阵骚动。

南宋诗人陆游的心，就曾经为桃花骚动过一回。他在《泛舟观桃花》中说："桃源只在镜湖中，影落清波十里红。"

把这两句诗拿来文饰桃花庵行不行呢？我看行。

桃花庵前矗立一屿，屿上有草亭，亭上横额，曰："临水红霞"。

由此，桃花庵便有了别称：临水红霞。

桃花庵是一座很红的庵，它的住持石庄，是扬州地界很红的和尚。

石庄的红，得益于他有两手绝活，一是善画，二是善吹。

画以桃花为主，工笔写意皆佳。扬州的富贵人家，尤以盐商大贾为最，都把收藏悬挂石庄的桃花图视为时尚，同时也连带把跟石庄之间的交游，视作时尚。

吹之所指，是洞箫。元代诗人仇远所作《集庆寺》中说："听彻洞箫清不寐，月明正照古松枝。"你说洞箫这乐器是不是跟寺院有缘啊。

听过石庄吹洞箫的人，不多。毕竟，尘外之人，不宜在凡夫面前呈歌坊媚态。但在三五知己面前，石庄有时会禁不住手痒，咿咿呜呜地把弄一回。

石庄的洞箫，能在一瞬间把听者的眼泪吹下来。因而，他弄箫的名声，甚至比画名传播得更远。竟有聪慧俊朗的俗家子弟，为了跟石庄学一手弄箫技法，毅然剃掉满头青丝。

石庄活着的时候，是个奇人。他的死，以及死后出现的灵异事件，更是奇上加奇。

桃花庵周边的野树间，传说隐匿了许多鬼狐。石庄之死，也因之沾上些许神秘和离奇。

石庄的密友中，有一位老秀才，叫叶霜林。这老叶擅长讲"评话"，"然性情孤傲，不易得而闻也"。此人尤其善言古人忠孝故事，"慷慨激发，座客凛然"。

一日，石庄与叶霜林在见悟堂中饮茶聊天，聊得兴起。石庄说，老叶啊，老衲给你吹一支新曲可好？老叶模仿出家人的样子，双手合十，微微颔首，说，你吹，你要是吹得好，老夫给你说一段《二十四孝》。

石庄开吹，当然吹得好。老叶一边抹泪，一边叫好。

可是，老叶的评话《二十四孝》，却没机会开讲。桃花庵里来了一伙盐商，吵吵把火的，出重金购买石庄的桃花图，说什么再过三五天，乾隆爷率领朝中一干重臣，就要到达扬州，石庄大师你得赶紧画呀，多多益善……

那些个盐商，怎么会把一个老秀才放在眼里呢。老叶被冷落到一边，肚皮气得鼓鼓囊囊，突然一拍桌子，起身走人。石庄在后边喊他，他头也不回。

石庄一连数日埋头赶制桃花图，累得昏头昏脑。扬州官员和盐商大贾，浩浩荡荡到迎恩亭接驾那天，石庄突然病倒，不日溘然长逝。老叶闻讯赶来，在石庄灵前舞舞乍乍讲了半日《二十四孝》，"感慨淋漓，闻者泣下"。

石庄死后不久，草河之上，发生一桩怪事。月圆之夜，桃花庵多位僧人同时看见一叶扁舟，自长春桥方向翩然而来，"撤幔无客，唯一人立船尾摇橹而行"，近看，原来是先师石庄。众僧唰一下跪在河边，失声痛哭。而船上的石庄，却是"欸乃直下，神色自若，无顾盼意"。瞅都不瞅弟子们一眼啊。

岔开话头，再说老叶。老叶自石庄灵前讲完评话，回家就倒了，一病不起。无巧不成书，石庄草河现身的那个月圆之夜，老叶突然一个激灵，撒手去也。

老叶的丧事刚刚办完，老叶之子，小叶，叶含青秀才，也病倒了。

让人揪心的是，血气方刚的小叶，这一病，竟几个月不见好转。小叶的夫人，那位俊俏的小女子，一次次跑到草河边上暗自啜泣。小叶要是死了，奴家该咋办哩？怀里吃奶的孩子该咋办哩？肚子里的另一个又该咋办哩？哎妈呀老天爷，愁死宝宝啦。

小叶秀才的娘子，还反反复复到桃花庵里上香，祈祷众菩萨保佑。也是急不择言，她把死去的石庄也当作菩萨了。小女子说，他石爷爷，你显显灵吧，你不是在草河上显过灵吗？你显显灵，救救你大侄子吧……没等说完，就呼嗵呼嗵磕头。

就在娘子呼嗵呼嗵磕头的当口儿，病床上的小叶秀才，感觉自己挂着一根拐杖，飘飘悠悠来到群山怀抱，满眼青翠，有如新雨骤歇。令他更为吃惊的是，迎面姗姗走来一白发白须老人，认识，是石庄大师。石庄不说话，只牵住叶含青的手，轻轻一跃，耳边便响起呼呼的风声。再一看，两人已经来到山顶。山顶有一草堂，匾额上有十一个字："此地有崇山峻岭茂林修竹。"草堂中设禅房，匾额上四个字："空空如也。"门柱上还刻有楹联一副，道是："溪声闲处安诗几，山翠浓中置画床。"进得禅房，小叶又是一愣，房中摆设与桃花庵见悟堂一般无二。二人宾主落座，从容饮茶叙旧，相谈甚畅。谈话间，小叶忍不住诗情大发，摇头晃脑吟诵起来："挂杖寻诗扣竹关，雨余青拥一房山。此间真是神仙地，乞坐蒲团不欲还。"小叶这是不想走了。石庄闻言，也随口吟出四句诗："结屋松门不闭关，也留风月也留山。君家本有道遥地，莫漫勾留且自还。"说罢起身牵住小叶，嗖嗖，将小叶送至山下。

病床上的小叶噜一下坐起来，大喊一声，娘子，小生快饿死啦……

冥冥中的另一空间，禅房之内，石庄和叶霜林，二人击掌大笑。笑声如雷震般，在小叶和娘子耳边轰轰作响。

老僧镜澄

清乾隆年间，古城南京小仓山，一面舒缓的山坡上，矗立一座小小的寺院，叫水月庵。

清人袁枚《随园记》，开篇便说小仓山："金陵（今南京）自北门桥西行二里，得小仓山……登小仓山，诸景隆然上浮，凡江湖之大，云烟之变，非山之所有者，皆山之所有也。"

看官不要以为，凡叫庵，里边都住着尼姑。不是。查查古籍便知，庵的本意，是草房。《释名》曰："草圆屋谓之庵。"《本草纲目》曰："庵，草屋也。"

通常，世人确实把女性的修行场所叫庵，却忽视了男性的修行所在也可以叫庵。汪曾祺小说《受戒》里边，有个和尚庙，叫荸荠庵。小仓山上的水月庵，同样也是和尚庙。庵的住持，是个清瘦的老者，叫镜澄。

史料记载，有清一代，国中有很多座水月庵。北京有，南京有。山东肥城、江苏常州、广东潮州，也都有。也有叫水月寺的。

南京水月庵，在众多的同名佛寺中，并无丝毫独特之处。独特的是人，老僧镜澄。

镜澄是个诗僧。

诗僧，或叫文僧，古今多矣。以唐朝为例，史籍留名的，就有皎然、灵澈、贯休、子兰、虚中、可明等百人以上。

镜澄的诗品，不在唐代诗僧之下，可惜，世人极少看到。原因在于，这人有个怪癖，每写完一首诗，便立刻烧掉。

只有两首例外。那两首，是镜澄赠给少年玩伴吴澹川先生的。

老吴在尘世间颇不如意，花甲之年，才混了个秀才的名号，加上妻悍子不孝，一气之下，到小仓山找镜澄来也。

老吴的意思，出家算了。镜澄没说同意，也没说不同意，只是留他住下。意思大概是，你住上一段时间再说。

老吴走进水月庵当日，镜澄赠他一首诗，《留澹川度岁》，道是：

> 留君且住岂无因，比较僧贫君更贫。
> 香积尚余三斛米，算来吃得到新春。

诗中的"香积"一词，俗人陌生，佛门中人却是熟得不能再熟。三个意思，一指佛号，二指佛寺，三指僧人的饭食。"斛"字，即便是俗人，也熟得很。容量单位嘛，秦汉时期，十斗为一斛，南宋末年改为五斗一斛。

老吴手握镜澄的诗稿，两眼水渍斑斑，心说，我这和尚兄弟的日子，也过得凄惶，庵里总共还有十五斗米，明年新春之后，吃什么呀？

老吴心里落着老大的不忍，但还是住了下来。镜澄每天上香念经，都算正经事。老吴闲人一个，除了读书散步，便无事可做。闲得发痒呀。一日忽生雅兴，吭哧吭哧，从山中挖出一棵老梅树，又吭哧吭哧，移栽到水月庵的佛殿之前。

镜澄在一边观望，面带微笑，却是无话。不久移步僧舍，再露面时，手中多了一纸诗稿。

老吴接过诗稿，见标题跟以前所赠一模一样，内容却毫无关联，道是：

> 新栽梅树傍檐斜，待到春来便着花。
> 老衲不妨陪一醉，为君沽酒典袈裟。

当晚，镜澄和老吴，都喝得大醉。许许多多的少年往事，让他们一件件一桩桩摆满僧舍。本来就逼仄不堪的所在，变得更加拥堵。

看官也许有疑问：和尚可以喝酒？

作者替镜澄答话：和尚怎么就不可以喝酒？

此事何必认真，古今酒肉和尚，多矣，多多矣。

早春二月，老吴终于耐不住寂寞，某日午后，独自下山，舒肝舒肺地游了一回随园。随园跟水月庵相距不远，就在小仓山下。

随园是乾隆年间大诗人、大文论家袁枚的私宅。这位先生有顽童心态，家中四面不设围墙，且在门上亲笔一副对联，道是：

> 放鹤去寻山鸟客，
> 任人来看四时花。

随园景致之美，早已名闻遐迩。每逢佳日，园内游人如织。老吴俗人一枚，岂有不至之理？

说起袁枚这人，算得上清代最著名的怪人和达人之一。原本也走过仕途，二十四岁中进士，先在翰林院任事，后外放江南，历任溧水、江浦、沭阳、江宁（今南京）知县。三十三岁辞官，购置隋氏废园，改名"随园"，筑室定居，做了将近五十年的闲云野鹤，人称"随园先生"。

老吴何其幸运，不仅领略了一方好景致，还与随园先生不期而遇，且交谈甚欢。

黄昏时分，老吴怀抱一坛老酒，健步返回水月庵。镜澄正在僧舍打坐，方方正正的跏趺坐。

老吴站着跟镜澄说话，满脸喜色，告诉镜澄，随园先生夸他的诗好。

什么诗？《留澹川度岁·二首》嘛。这诗，老吴几乎每天都要摇头晃脑吟诵一番。

老吴模仿随园先生的行状，点头，说一个好，再点头，又一个好，三点头，又又一个好。

老吴口中啧啧有声："一连三个好啊。"

随园先生喜欢镜澄的诗，不奇怪。先生有话："诗者，人之性情也，性情之外无诗。"镜澄的诗，正是以性情动人。

谁知镜澄听了老吴的话，只是嘴角稍稍一动，随后闭上眼睛，口中喃喃，不再搭理老吴。

老吴赔着几分小心说道："要不，明天我陪你下山，拜访随园先生？"

镜澄慢慢睁开眼睛，吐一口气："老僧出家四十余年，不曾踏入随园半步。"

老吴心说，人家随园先生，名闻天下的诗坛伯乐，平日喜称人善，有"广大教化主"之誉，可谓"当代龙门"，你镜澄拜访一下，等于跳了龙门，岂有不去之理？

镜澄似乎看透了老吴的心事，缓缓说道："和尚自作诗，不求先生知也。先生自爱和尚诗，非爱和尚也。"

当晚，明月铺地，水月庵内，一树梅枝之下，泅出两坨瘦长的身影，默默对饮。树是老吴亲手栽下的那棵，此时花开正茂。有夜行人在月下感叹，眼前这小小僧院，咋就这么香。

镜澄当夜只饮酒，不作诗。

某年某月，随园先生闻知老僧镜澄之执拗，呵呵一笑，说："和尚不必来，不必不来。"

大饽饽

有满人的地方就有大饽饽。北京城是这样，上海城也是这样。

大饽饽是满人最爱的糕点"八大件"之一，酥皮糖馅，一碰就掉渣。满人有句闲嗑，我跟您扯的这些事啊，就像吃大饽饽，渣都掉光了，就剩个核（hú）啦。

刽子手瓜尔佳·巴海平生所好有三，鸦片、烧酒、大饽饽，自称家中三宝。他一天不挨小老婆，可以，一天不见三宝，不可以。

巴海是刽子手不假，可是刽子手也不能天天砍别人的头啊。在大清官员眼里，震慑比捉拿、比砍头更重要。北京城是这样，上海城也是这样。

1860年仲春，一个名叫莫里斯·伊里松的法国人，揣着满肚子狐疑来到上海，一进城门洞就吓了一跳。

当时的上海城有两座，一座是中国城，一座是外国城。前者是中国的县城，后者是列强租借地。让伊里松吓一跳的，是中国城的城门洞。

城门洞里有个兵岗。三个兵。一个蹲在地上，背部靠墙，下巴搁在膝盖上，双手交叉捂着脚背；一个躺在木凳上吸烟；一个两腿一直一弯，站成稍息的模样，倚墙打盹。还有两个抱胸而立的刽子手，红衣红裤，红色尖顶宽檐帽，都皱皱巴巴。刽子手身边，一溜挺着三个犯人，脖子都被绑在木柱上，手里握着西瓜子，你捏一颗喂我，我捏一颗喂你。周边墙壁上画满行刑的场面，砍头的，剜心的，挖眼的，千刀万剐的，都有。

两个执勤的刽子手一胖一瘦，瘦的是巴海。

几天后，伊里松与巴海同时出现在一个婚礼上。刽子手也不总在城门洞里震慑来往行人，他们还经常在红白喜事上露面。巴海的三宝之爱，主要是靠红白喜事的出场费来支撑。

伊里松结交了一位大清官员，那天是官员嫁女儿，他对巴海的出现感到迷惑，就像巴海对他的出现感到迷惑一样。

当天巴海一身新，红衣红裤红帽，都红得耀眼，帽尖上还插了三根野鸡翎。巴海知道伊里松是去过中国城的那个洋人，但不知他是法国远征军司令蒙托邦的英语翻译，也不知他们为什么要待在上海，更不敢想象几个月后，英法联军会攻占北京，咸丰皇帝落荒而逃。

巴海与伊里松对视一瞬，眼风里全是不屑。

送亲队伍出发。巴海和另外一名刽子手走在队伍最前面，两人用力挥舞手中的九环刀。铁环撞击刀背，哗哗响。鼓乐队呜里哇啦。花轿。一大群喜气洋洋的脸。鞭炮声接连不断。

婚礼第二天，伊里松一伙数人，由一个中国苦力带路，去郊外打猎，途中遇见一场葬礼。古怪的人群缓缓移动。类似于婚礼，队伍前面，还是两名刽子手开路，还是九环刀哗哗响。一群身穿灰色麻布的人，看上去有点像和尚，帽子蒙头，长衣覆身，手里撑着阳伞，或托着纸塔，或捧着香炉，或举着白幡。巴海跟随这些人，横握一杆红黑两色的水火棍。在他身后，是另一群身穿灰色麻布的人，手举长杆，杆上挂着纸扎的人和动物。接着是一顶素轿。不是棺材，是素轿。轿门敞开，一位面容姣好的年轻女子坐在里面，大红绸缎装，金色花边，金色刺绣，乐游髻上的蓝蝴蝶发饰微微颤动。该女子脸色安详，跟整体的肃穆凄凉气氛，形成强烈反差。

伊里松呆立很久，才扭头去瞅带路的苦力，目光里全是问号。苦力解释说，那女子是个寡妇，无儿无女，且父母双亡，她举办这个仪式，是要当众宣示，下个月的今天，她会上吊自杀。

经由一位传教士的嘴巴，法国兵听懂了苦力的话，几乎同时惊叫起来。伊里松暗中叹息，这个古老的东方国度，真让人犯糊涂。

不久伊里松又去了一趟中国城。他喜欢到中国城里游逛，他对城里的"声音、动作和臭味"印象深刻，不过印象更深的，是街市。银铺、纸铺、杂货铺、糕点铺、陶瓷店、古玩店、棺材店、理发店、裁缝店、鞋店，各种店铺，让他眼花。他在回忆录《翻译官手记》里说，那些店铺的鲜艳招牌，不是挂在门脸上，而是立在街道边，"沿着街道两旁延伸，给城市带来一种节日气氛，仿佛整个城市彩旗飘扬"。

伊里松在街市上又一次跟巴海不期而遇，捎带着又犯了一次糊涂。

巴海身穿满人常服，一脚高一脚低，立在糕点铺门口的台阶上，右手举起点心包，跟瓜皮帽等高，伸向街道方向。左手拇指在下食指在上，捏起一块大饽饽，余下三个指头挓挲着。脖子抻长，歪着头，瞄准大饽饽，一口口咬去。大饽饽的酥皮像头皮屑一样纷纷而落，在斜阳下熠熠闪光。不少人驻足观看，伊里松也在其中。巴海不在乎别人看不看，只顾一口口咬去。这是满人的讲究，买大饽饽不能都打包带走，得留下一块到门外尝尝，行话叫"阔大爷卖份"。即便活得潦倒也要卖份，不能让人小瞧了不是？遇到卖份的阔大爷，店里的伙计得好生伺候着。这边刚刚吃好，那边一碗温开水就得递过来，等阔大爷咕噜咕噜漱完口，还要眼明手快去接碗。阔大爷怎么肯把碗递给你呢，不会的，那叫丢份。阔大爷漱完口，左手往身后一背，一松，接到碗算你机灵，接不到算你倒霉。

巴海鼓着两个腮帮子，仰脸走下台阶，猛一用力，噗，将漱口水喷了出去。

巴海卖完份，一抬眼，瞅见高过他一头的洋鬼子伊里松，立马凝住不动，一双刀鞘眼瞪得溜圆，里头全是杀气。伊里松身子一抖，赶紧走开。巴海舾出一口浓痰，啪，射在伊里松留下的脚印上，心窝里全是大花脸的狂笑：啊？嚯嚯哈哈——

浙江反击战

道光二十一年七月初十，英军统帅璞鼎查领兵攻陷厦门，闽浙总督颜伯焘败退，中英之间再次燃起战火。随后英军北上，不到月半，侵入浙江，连占定海、镇海两座县城。钦差大臣、两江总督裕谦自杀身亡，朝野为之震惊。

八月二十九日，宁波失守。

九月初四，道光皇帝任命爱新觉罗·奕经为扬威将军，率大军征讨"逆夷"。

自雍正年间开始，大清派出讨伐逆贼的将军名号，不再新创，一律沿用旧称，其印信也使用当年的那一枚。扬威将军创名于顺治三年，历史最为悠久，使用次数也最多。道光六年征讨新疆张格尔，道光十年征讨新疆玉素甫父子，都曾经启用，临到奕经头上，是第八次。

道光的信任和重托，让奕经感激涕零。

奕经是正宗皇家血统，曾祖是雍正皇帝，祖父是亲王，父亲是贝勒。奕经的现任职务包括：协办大学士、吏部尚书、步军统领、正黄旗满洲都统、崇文门监督和正红旗宗室总族长。用官场话说，尊缺、要缺和肥缺，都在他的手掌之中。

自道光十九年广州禁烟以来，东南边疆不靖，英军频频来袭，道光派出的讨逆重臣，琦善、伊里布、奕山和裕谦，个个都是皇亲国戚。

道光只相信皇亲国戚。

奕经在紫禁城陛见道光时，道光亲切地告诉他，你们这些东北人都世受国恩，血液中流淌着密密麻麻的"天良"和"忠诚"，不会眼巴巴瞅着国运衰落而不奋力一搏。

道光说完，还问了奕经一句，你说俺说的对不对？

奕经一连给道光叩了三个响头，回奏，嗯哪。

没过多久，奕经便率领一队人马离京南下，二十天后赶到苏州。

奕经在苏州耗时两个月做战前准备。

先做思想准备。奕经在军营门外设立"纳贤箱"，凡有意报效者，可将个人简历投入其中，三日后亲自接见，聆听该员的制夷良策。区区六十天内，前来献策者竟高达四百，投奔者一百四十。

其次是调兵遣将。奕经在苏州耐心等待从陕甘川等省调集的六千劲旅。劲旅的意思你懂吧？指的是上过战场的正规军。此外奕经麾下的所谓大军者，皆是从各省招募的雇勇，人数超过三万。奕经事后才知道，他们中的一些，乖乖，才参军二十来天，未经任何训练就上了战场。

奇怪的是，奕经在苏州居留期间，英军首领璞鼎查竟毫无动静。为了平息朝中御史词臣的谤议之声，奕经毅然挥师挺进嘉定，剑指英军主力。

整整等了四个月，陕甘川三省劲旅才陆续到达前线。四千里行军，他们有时不得不"沿途掳壮丁，掠门板，以四民抬一兵，卧而入城"。你瞅瞅他们走得多么辛苦。

劲旅至，雄心起，奕经再次挥师向前，扬威于曹娥江前线。

随便说一句，苏州那个名叫绿云的小女子，评弹唱得好极好极，皮肤的弹性也好极好极。这次进军曹娥江，她也随军前来。这名奇女子，简直就是花木兰重生，你说是不是？

浙江反击战即将打响。

在紧张备战的间隙，祥瑞接踵而至。

一日，奕经与参赞大臣文蔚异床同梦，梦见浙江境内的英军全都扬帆远去，定海、镇海和宁波三城已绝夷迹。梦醒，立马派人侦查，发现英军有往舰船运送器械的举动，佳兆昭著，奕经喜不自禁。

又一日，奕经到杭州西湖关帝庙求签，上有一语："不遇虎头人一唤，全家谁保汝平安。"什么意思呢？猜不透。谁知三天后，疑惑不解自开。四川援军大金川士兵开到浙江，官兵皆戴虎皮帽。奕经见之大喜，"虎头"来也。

奕经把两次祥瑞都上奏给道光，道光下旨，说那什么，"览奏龙颜大悦"。

奕经决定在道光二十二年正月二十九日的"四寅佳期"，即虎年虎月虎日虎时对英军发起总攻。奕经特意挑选了一个属虎的将军主攻宁波。四虎加一虎，他要来个五虎制敌，一战全胜。

进攻之前，奕经在智囊团中搞了一次以浙江大捷为叙事内容的有奖征文，参赛稿件共三十篇。奕经亲自审阅，发现一个姓缪的举人文笔最佳，详叙战况，有声有色，就像他亲眼所见一般。奕经把这篇作文点了个头奖，打算战后把其中的部分内容抄录到捷报里去。同时也拿定主意，战后给那个鼠头鼠脸的缪举人，以立功名义，赏个公务员身份，让他混口饱饭吃吃。

可憾者天意不美，祥瑞竟瞬间转为厄运，历经四个月精心准备的浙江反击战，不到四个小时就宣告结束。

清军宁波战败，镇海战败，定海战败。英军随后发起报复性进攻，至慈溪大宝山一带与清军接战，副将朱贵战死，提督余步云逃逸，文蔚闻讯率部后撤……

噩耗传到曹娥江，奕经号啕大哭，做了如许准备还败得如此之速，非战之罪也，大清气数尽矣。

兵贵神速，奕经当夜就要率部转进杭州，怎奈几个幕僚苦苦相劝，说夜深行军不便，不如命令各部先做转进准备，明早启程不迟。奕经想想也对，不能过于仓促，弄得像逃跑一般。可夜长无事，焦虑难眠，总得弄点事情消遣一下。想来想去，想起那个缪举人，陡然恶气满膺，谎话连篇的东西，拿军机当儿戏，该当何罪？

吩咐副官，将那厮捉来砍了。

刽子手刀光一闪，那厮人头落地。奕经走上前去，踢了踢那厮的狗头，那厮竟向奕经眨了眨眼。奕经心说，妈个巴子，你什么意思啊。

当夜，奕经军幕中的一百几十位腐儒，逃得一个不剩。大敌当前，朝廷正在用人之际，一个个竟然如此惜命，想来令人扼腕。从那时起奕经心里就生出一个疑问：俺大清的黄龙旗，到底还能打多久？

总督过境

总督不是现任总督，是前总督。

总督名叫颜伯焘，字鲁舆，广东连平人。嘉庆十九年进士，历任甘肃、直隶布政使，陕西、云南巡抚，署理云贵总督等职。道光二十年，任闽浙总督，屡屡上书论战。到任不久，便移驻厦门，构筑海防炮台。道光二十一年七月初十，英军对厦门发起攻击，颜因兵败去职。

道光二十二年正月底，刚上任不久的福建省汀漳龙道张集馨，便听说了关于老颜的笑话。说该督在厦门沿海建起一道花岗岩石壁，上置火炮四百七十余门，守军六千，水勇、壮勇近万。但为了省钱，所有火炮均无炮车。那时候火炮必须从炮口填装火药，炮管伸在石壁之外，若无炮车拉回，便无法继续发炮。有人提出异议，老颜笑着说，一炮即可灭贼，哪里还用再装火药？结果是，清兵刚看见英船的影子，就哐哐哐把炮弹打光，之后只能瞪着眼珠子挨打。英船轮番炮击，石壁很快坍塌，士兵争相逃命。老颜也逃，逃得很不雅观，衣物并失，仅以身免。

汀漳龙道管辖汀州府、漳州府和龙岩州，治所在漳州，而漳州府的治所在龙溪县。等于说，龙溪县城有三个官衙，道衙、府衙、县衙。

二月底，龙溪县接到公文，说老颜回粤途经贵地，吃住、马匹、草料等等，都要预备齐全。

从三月初一到初十，每天都有六七百名抬夫从龙溪县过境，运送的物件让张集馨吃惊不小，桌椅条案盆盆罐罐不说，堂堂颜大总督竟然连一口咸菜缸和两只破板凳都不舍得丢，真让人大开眼界。

初十那天大雨如注，张集馨率本地官员赶往城东十里迎接老颜，发现跟随老颜左右的兵役、车马仆从和家属，竟有三千人之多。当日城内的书院、驿站和旅馆都住得满满当当。接风宴的酒席，一共摆了四百多桌。

老颜对张集馨直言，夫人身体不适，我打算在贵地多住几天，可以吗？张集馨赶紧点头，天雨路滑，山水暴涨，请大帅务必多待几日，不然我们心里不好受哇。

听说张集馨在山西当过知府，老颜便跟他聊了几句那边的熟人。

老颜说，你觉得姜梅那个混账怎么样？

姜梅是个道台。张集馨说，姜道台看人有时会走眼。

老颜哧了一声，不仅是看人走眼，简直是小人一个。

说到布政使乔用迁，老颜又哧了一声，他不是朴实，他是糊涂。

张集馨在心里一个劲摇头，可嘴上又不好说什么。

老颜在龙溪县一连住了五天。天已变晴，夫人的微恙也有好转，可老颜一点点要走的意思也没有。

龙溪县蒋县令熬不住了，一大早就找张道台诉苦，说县财政已经供应不起了，大帅要是再不走，我连死的心都有。

张集馨叹了口气，说等我去探探口风再说吧。

谁知老颜一见张集馨就说，妈个巴子听说前面发大水呢，黄守备正派人前去勘察，他说走我才能走。

张集馨赶紧哈腰，说大帅何必着急？倘若皇上下旨让您再来福建办理夷务呢，慢点走岂不更好？

老颜捻了捻颔下的胡须，频频点头，你说得也有道理。

张集馨又哈腰，那什么，大帅，请个戏班过来唱唱好不啦？给夫人和小姐解解闷。

老颜眯起眼睛，沉思良久才开口，按理说呢也不是不可以，只不过我这回是革职回乡，要是被谁拿住把柄，说我途中作乐，给参到朝廷里去，那就不好了。我看戏班就算了，我在这里小住几天即可，不用太麻烦。

张集馨回头告知蒋县令，你从黄守备那里想想办法吧，老颜听他的。

黄守备是老颜的部将，为了表达对大帅的崇敬和爱戴，他执意率领三百亲兵护送老颜回乡。

午时刚到，蒋县令和黄守备就在县衙里喝上了。不光是酒喝得好，聊天也聊得痛快，晕晕乎乎的，两人还拜了把兄弟。不光拜了把兄弟，蒋县令作为兄长，还向这个新结拜的亲弟弟聊表地主之谊，奉送了一张百两银票。还再三叮嘱，老弟，回程时一定在龙溪多待几天哈，龙溪艺术团里，有不少好看的小姑娘，你不想去瞅瞅？

黄守备说，瞅瞅，高低得瞅瞅，不光是瞅瞅，还还还，还得那个啥，我这就去催促大帅，赶紧启程。

蒋县令心中窃喜，这就对了嘛，快去快回哈。

当天下午，蒋县令向张集馨禀报，老颜已经下令，明日五更启程，风雨无阻。

张集馨闻言大笑。蒋县令也笑，笑中带有三分苦涩。

翌日一早，张集馨等一干官员在县城南门外，排列整齐为老颜送行。黄守备站在老颜身后，冲蒋县令眨眨眼，蒋也冲他眨眼，两人都没说话。主要是张集馨和老颜在说。张集馨满嘴都是客套话，老颜却不跟他客套。老颜说，朝廷那边一有好消息，你赶紧派人到广东给我报信，听见没？

张集馨心说，还惦记这事呢，这扯不扯。

送走老颜没多久，张集馨在漳州府递交的一份报告中，发现龙溪县有一千二百多名乡勇需要支付粮饷。龙溪县有没有乡勇张集馨能不知道吗？这明显是吃空饷嘛。张集馨批示，要求漳州府立马裁撤乡勇，一个都不要。谁知赵知府接到公文当天就领着蒋县令前来点头如蒜。赵知府说，张大人，裁撤可以，不过得宽限一段时间。张集馨纳闷，为什么呢？赵知府说，嗨，大人你有所不知，老颜过境那几天，龙溪县共花销一万多两银子，亏空太大，得用乡勇的空饷给补上才行啊。赵知府说这话的时候，蒋县令站在他身后一个劲地作揖。张集馨还能说什么呢，蒋县令也不容易，吃空饷就吃空饷吧。

几个月后，张集馨丁忧回乡。龙溪县乡勇之有无，跟他一点瓜葛也没有了。

海上苏武

咸丰七年十一月十三日清晨，英法联军炮轰广州，重点轰击城内的两广总督衙门。衙门内外一时硝烟弥漫，差官仆役大多逃散而去。

两广总督叶名琛竟视炮火如无物，稳坐厅堂，仔细寻拣紧要文件。奴仆老周侍立一旁，以便随时接受总督差遣。地上摆放着的一溜四十多只木箱，大多已经装满。

南海知县华廷率百余兵勇赶到，敦劝叶督暂避。叶督不肯，华知县一挥手，几名兵勇拥上前来，强行将叶督挟持而去，躲入不远处的一座书院。其余兵勇将文件箱也都抬进书院。

叶督离开不足一刻钟，衙门内便陷入一片火海，大火烧了一天一夜。

后来听说，城中刁民有冒死进入衙门抢劫者，二三十人被炮火击中，抛尸于亭台楼阁之间。

次日，英法联军占领广州北门观音山炮台，守城清兵皆溃。叶督率众躲入八旗军将领双龄府邸。

二十一日，英军进城，先将双龄掠去，转瞬复至，再将叶督掳去。

叶督随身携带的四十多箱文件全部被英军截获，其中包括中英《南京条约》、中美《望厦条约》和中法《黄埔条约》

的原件。

叶督是大清国第一个被俘的封疆大吏，老周是大清国第一个被俘的奴仆。英军本想把老周赶走，老周下跪求情，说广州不可一日无叶督，而叶督不可一日无奴才。

叶督闻言泪流满面。

英酋巴夏礼被老周的言辞激怒，说我倒要看看广州离开叶督会怎样？说罢下令将叶督和老周押往英国军舰无畏号。

叶督出身书香门第，少年时曾"以诗文鸣一时"，二十六岁中进士，二十九岁任知府，三十八岁任广东巡抚，四十三岁任两广总督兼通商大臣，被誉为"大清国第二号人物"。严格说来，叶督是咸丰二年至咸丰七年间大清国的最高外交官，其间他对英夷和法夷的强横态度，给老周留有深刻印象。每逢中外交涉，叶督皆答以寥寥几字，有时竟不回复；对方求见，叶督多以虚词敷衍。总之一句话，大国风度，大节凛然。

英法联军攻城后，坊间有传言讽刺叶督："不战不和不守，不死不降不走，相臣度量，疆臣抱负，古之所无，今之罕有。"老周对此颇为愤愤，他愿意用亲身经历为叶督洗冤，证明叶督是战不能战，和不能和，守不能守，三难并至。不过另一句"不死不降不走"，倒是实情。叶督原本是可死可降可走的，可他偏不。叶督是一个颇为自负的人，自负到生命的最后一息。

在广州黄埔港码头登船时，老周用眼神暗示叶督，意在让他跳水自尽。叶督明明看在眼里，却假装不见。老周在心里一阵阵摇头叹息。

即便在无畏号上，老周觉得叶督也有无数"临危一死报君王"的机会。面对苍茫大海，求死还不容易？

那时老周很不理解，叶督怎么会怕死呢？若是怕死，为何不逃？清朝的许多领兵大员，不都跐溜跐溜逃走了吗？

无畏号去了香港。在香港海面停泊的那段时间里，每天都有洋人上船拜访。叶督举止庄重，仪态万方。来人向他致以脱帽礼，他也欠身脱帽还礼。

那段日子叶督很烦躁。他不知即将面临何种境遇。日日夜夜的涛声让他心焦，频频的噩梦又让他惊悸。

四十八天后，无畏号鸣笛起航。叶督让老周打听军舰的去向。翻译官说是去英国。叶督听后很是兴奋，终于跟老周道出他不肯死的缘由。他说他要跟英国女王好生理论一番，偏远蛮邦，一次次欺辱天朝上国，道义何在？他还说他要凭借三寸不烂之舌说服英国与中国休战。

英酋巴夏礼对叶督还算客气，允许他带一名中国厨师上船。叶督吃不惯西餐，更看不惯英夷就餐时的装腔作势。

无畏号启航的那天早晨，叶督的食欲很好。两碗稀饭，一碟小菜，一个鸡蛋，两块蒸糕。当老周把第二碗稀饭递到叶督手中时，叶督对老周启齿一笑。

老周看到叶督常常凝望海面陷入沉思，他到底在想什么呢？

二十天后，无畏号抵达印度加尔各答。叶督被安排上岸，囚于威廉炮台。叶督觉得这地方很像是广州的镇海楼。

叶督抵达加尔各答当日，印度报纸便发布消息，说大清国的宰相已被英军俘虏云云。不日便有各种肤色的人流前来拜见，其中不少是黄皮肤的华人。一位华人提出让叶督作诗，叶督还真就给他写了一首七律，诗曰：

镇海楼头月色寒，将星翻作客星单。
纵云一范军中有，怎奈诸君壁上看。
向戎何必求免死，苏卿无恙劝加餐。
任他日把丹青绘，恨态愁容下笔难。

书写完毕，待要落款时，叶督突然犹豫起来。

叶督犹豫了很久，才在宣纸上写下四个小字，"海上苏武"。

日后再有人请他作诗，落款均为"海上苏武"。

叶督起初以为在加尔各答只是小憩，没想到竟囚居一年有余。当他得知自己永远去不了英国的那一瞬间，心情陡然黯淡下来，自此食量大减，原本高大粗壮的身躯日渐消瘦。

咸丰九年三月初一，厨师报告说，从国内带来的粮食已全部吃光。叶督自此开始绝食，七天后对老周说："本官做不成大清国的海上苏武，只能做它的伯夷、叔齐。"

叶督言罢，猝然从床上坐起，双目圆睁，大呼一声："我误朝廷，有负圣恩！"

随后重重倒了下去。

那时候叶督并不知道，老周也是很久以后才知道，清廷早已颁布圣旨，说："叶名琛业经革职，无足轻重……倘该夷敢于抗拒，我兵勇即可痛加剿洗，勿因叶名琛在彼，致存投鼠忌器之心。该督已辱国殃民，生不如死，无足顾惜。"

北　塘

　　我叫弗朗索瓦·德·拉尔希，1860年随蒙托邦将军远征中国。在跟随蒙托邦将军之前，我是法国驻北非骑兵第一军团的中士，一个吊儿郎当的下级军官。

　　我永远不会忘记蒙托邦将军写给我的亲笔信："拉尔希中士，军事部决定派你调至我处任旗手，并作为私人秘书随同前往中国。见信立即回国。至巴黎后，速来多瑙河大酒店。蒙托邦将军。"

　　是我父亲，阿日诺尔·德·拉尔希伯爵，暗中摆布了我的命运走向。他把自己的"混账儿子"从非洲调往中国，是想让我有所历练，兴许混个一官半职，或者至少改改我那玩世不恭的秉性。

　　我追随蒙托邦将军离开法国整整七个月之后，战争才真正开始。1860年8月1日下午三点，法英联军共两千人，在白河北岸登陆。我们的计划是绕道北塘，从侧面进攻大沽口炮台。

　　两百名广东苦力也随同我军一起登陆，他们的任务是运输武器弹药和军需品。

　　正是退潮时分，我们乘坐运兵船奔向海岸。在离岸大约一公里的样子，运兵船搁浅。将军一声令下，士兵纷纷跳进水里，像一大群青蛙蹦来蹦去，嘻嘻哈哈的，做游戏一般。

临近海岸时，我们发现堤坝上有小股清军骑兵正在集结。将军下令，做好战斗准备。

可是很奇怪，集结成队的清军骑兵突然消失，一个都不见了。

那天晚上我们在海边露营。参谋部杜潘中校带侦察兵前往北塘侦察，清晨两点返回，向将军汇报说，北塘无驻军，也没几个居民，外围的两处炮台无人守卫。杜潘还说他进入炮台仔细探察，发现了一些包着铁皮的木制炮。

清晨五点，我们列队向北塘进发。

北塘是一个村庄，但看起来更像是一座城邑。有城墙，有城门，有成片的民居。

街道上有三三两两的村民在闲逛，显然绝大多数村民已经举家逃走。我希望剩下的这些人能加入我军的苦力队伍，我们需要大量人手。

将军命令士兵在村中挨家挨户进行搜查，房屋、前院、后院，不放过任何一个角落，以防清军在此埋伏。

居民区的一幕幕惨状让我们心惊胆战。很多人家的水缸里，都漂着被勒死的儿童和被割断喉咙的女人。他们中的大多数是头朝下被塞进水缸的。还有不少女人吊死在房梁上。

我带领十几名士兵闯进一座四合院。这是北塘最排场的住宅，看样子像是官宦人家的府邸，有几十间房屋，有空旷的庭院和花园，驻扎一个团的兵马都没问题。

这座四合院有主房七间，主房左右各有耳房四间。室内格局完全遵照中国北方习俗摆布，主卧里有一张紧靠墙壁的大床，是用砖头砌成的大床，中国人叫炕。炕上挂着帷幔，铺着绸缎被褥，摆着靠垫。

一进卧室我就愣住了，身后的十几名士兵也都愣住了，其实叫惊呆更准确。

炕上躺着三位妇人。一位衣着简朴的老妇，两位衣着华丽的少妇。老妇躺在中间，枕一只黑底绣花枕头；年龄看似稍长的少妇，躺在老妇的左边，枕一只红底绣花枕头；年龄稍小的那位，躺在老妇的右边，枕一只绿底绣花枕头。三位妇人都梳着两把头的发型，还都是天足，看来是满人无疑。

年龄稍小的妇人，容貌美极了。我以前从未见过那么美的中国女人。

三位妇人的喉管都被切开。显然是刚刚被切开的。她们的身体还处在痉挛状态，喉咙里嘶嘶作响。鲜血在流淌，炕上的绸缎被褥都浸泡在血水里，丝绸帷幔上也溅有醒目的血迹。

两个小女孩坐在炕上的血水里玩耍。三位长辈的奇怪表情让她们觉得很好奇，她们用沾满血迹的小手，一会儿拍拍这个，一会儿拍拍那个，嘻嘻笑个不停。

火炕对面有一位身穿袍服、扎着腰带的中年男人，他坐在太师椅上，瞅着炕上的三位妇人和两个女孩。他的脖子在流血，从胸膛流到腿上，然后一滴一滴，滴在脚下的一柄钢刀上。

男人的右手握着一把纸扇，在轻轻轻轻地摇动，为的是赶走他胸前嗡嗡作响的苍蝇。

男人看见我们，目光变得凶狠而轻蔑。他似乎是在嘲笑，嘲笑我们在他的壮举面前呆若木鸡。

扇子的摇动幅度越来越小，终于停止不动。男人胸前的血迹，也渐渐凝固成褐色。

屋子里的死亡气息压得我喘不上气，两个女孩的嬉笑听着格外瘆人。我实在待不下去，转身走出房间。

我私下猜测，男人应该是这宅院的一家之主，老妇人是男人的母亲，少妇是男人的妻妾。男人先杀掉她们，然后杀掉自己。

我庆幸男人没有勇气对自己的一双幼女痛下杀手。

眼前的惨状，让我对原本无限憧憬的史诗般的对华远征产生极大的怀疑。我暗中一次又一次询问上帝，人类为何要动辄发起战争？

我对北塘村民的行为也大为不解。我们的敌人是清政府，不是他们，他们何苦要去寻死？他们是不是事先听到了什么骇人的谣言？

我命令士兵把两个失去亲人的女孩带回军营，交给随军的牧师。她们将被送往上海，由一家基督教慈善机构抚养。

很多年后我听说，女孩子中的一个因病去世，另一个长大后做了修女。

我不知道那修女的记忆中还有没有当年的血水和嬉笑，有没有亲人的死难惨状。但愿没有。

颐和园的一天

光绪二十年五月底的一天，天刚亮，颐和园乐寿堂便被阵阵鸟叫声惊醒。在正门口悬挂的一只鸟笼里，有两只五彩鹦鹉一声接一声地叫，叫声里时而夹杂着人声，听着很像李连英的腔调："老佛爷吉祥，老佛爷万寿。"

颐和园乐寿堂，还有个别名，叫"玉堂春富贵"，缘于周边种满了玉兰、海棠、迎春和牡丹。

老佛爷在五彩鹦鹉的祝福声中笑吟吟地起床，笑吟吟地梳头洗漱，笑吟吟地传早膳。

鹦鹉叫门，是乐寿堂总管李连英的杰作之一。这只是一个开场，好戏都在后头。

本年十月初十是老佛爷六十"万寿"盛典，这是大喜的年份，谁不想把老佛爷哄得开心呢。

吃罢早膳，老佛爷照例要到乐寿堂前赏鸽子。一群鸽子，浑身白色，但脖子上有套黑圈的，有套紫圈的，有不光套圈还带着肚兜的，有肚兜上还闪着紫红色亮光的。有几只浑身纯黑色脖子上套白圈的，取名玉环。还有几只俗称"小灰"的银灰色小鸽子，不是很好看，但打出的"水声"像一串银铃铛似的，那叫一个好听。听说小灰是山海关总兵进贡的，他可真是有心。

鸽子有天敌，头上飞的雀鹰，脚下跑的黄鼠狼，都是。

还有些野鸽子整天混在老佛爷的鸽群里骗吃骗喝，这哪行啊。那些护军，整天拿着弓弩，在园子四边转悠，一门心思消灭鸽子的天敌和那些野生的杂种。

赏完鸽子便是游湖。这年夏天来得早，昆明湖中的荷花，一朵朵都笑盈盈的。老佛爷昨儿个已经吩咐下去，说明天游湖。马动铃铛响，老佛爷一动，整个颐和园都要动。从护军到敬事房，不光动，还要早早地动起来。

九点刚过，龙舟开始启动。琉璃瓦式的舱盖金光闪闪，舱的两边挂着龙凤呈祥流苏幔帐，舱中摆着团龙宝座，两根朱红抱柱上刻着金字对联。船头的桅杆上高悬一面黄龙旗，丝绣的腾龙在空中舞动，两条蓝色金丝龙须飘拂而下，落到水中，鱼一般随船游动。

陪侍老佛爷的，有恭亲王的女儿荣寿公主，人称大公主；有庆亲王的女儿四格格；有内务府大臣庆善的女儿元大奶奶。这三位有个共性，都是先由老佛爷指婚，之后很快成为寡妇。老佛爷似乎有点过意不去，常派人把她们请到宫里或园子里游玩。

龙舟后面三丈远，有一条同样大小的副船，除舱顶漆成绿色，没有团龙宝座且桅杆稍短之外，格局跟龙舟差不多。主座坐着隆裕皇后，陪座是珍、瑾二嫔，还有几位王公家的贵妇。

龙舟在水上缓缓航行。前面两只小艇，时而靠近，时而避开，活像龙的两根触须。御膳房的两条船，在龙舟两侧随行，一是茶船，二是膳船。远处湖面上，三三两两点缀着一些更小的船，太监们叫它"飘扇扇"。一船二人，一太监做艄公，一宫女做江南女子状，泊于荷花丛中，活生生一幅江南水乡采莲图。

蓦然音乐声起，先是东面的笛声，再是西面的箫声，还有清脆的琵琶和檀板声……不知何时，龙舟周边出现了几条音乐船。

太阳升高，湖面上霞光万道，龙舟好像行进在水晶宫里一样。先是向西绕一个弧形，到玉带桥，西堤六桥，再划向湖心。这时音乐声戛然而止。片刻之后，南岸传来一阵哨声，一群名叫花和尚的小鸟，由北向南朝哨声飞去，一边飞还一边呼唤同伴，"胡——饽饽，胡——饽饽"。过一阵子，南岸哨声停止，北岸哨声响起，那群花和尚又飞向北岸，还是满嘴"胡——饽饽"。

老佛爷看了也听了，说声"傻东西"，随后咯咯笑起来。老佛爷一咯咯，整个龙舟都咯咯起来，数李连英咯咯得最响。

船到湖心，老佛爷发布懿旨停船传膳。李连英走到船尾，将竹筒喇叭一吹，左右的茶船和膳船迅速靠拢，用翘板跟龙舟连接。东边的膳船是上菜的船，西边的茶船此时便成为撤菜的船。音乐再次响起。

老佛爷的午餐跟在宫里一样，一百二十道菜是必不可少的。龙舟上的膳厅格局小，侍膳的大公主启禀老佛爷之后，拣无关紧要的往下撤，或者吃过一两口的都往下撤，送到副船给皇后和贵妇们吃。场面热闹得很，这边川流不息上菜，那边又不断往下撤。

老佛爷用半个时辰吃完饭，对站在身侧的大公主说："你也在这吃吧。"

大公主谢恩，一边跟老佛爷说话，一边吃饭。

音乐声一直响着。

膳后，老佛爷下旨，将龙舟划往南湖岛上岸休息。刚上岸，李连英就狗摇尾巴地禀告："老佛爷今天游湖，连鱼都高兴呢。老佛爷您伸出玉手，往水皮一沾，鱼会往您手上跳呢。"

老佛爷笑吟吟看了李连英一眼，慢慢蹲下身子，把手指往水面一伸，刹那间奇迹出现，一群大大小小的鱼前呼后拥，白花花一片，在水皮上泼哧哧乱跳，湖水溅了老佛爷一身。

老佛爷又一次咯咯地笑起来："给赏！"

当天晚上老佛爷听书，也就是让太监来说书，刘邦、项羽、程咬金什么的，引逗老佛爷骂那个夸这个。这是宫里的老把戏，不说也罢。

老佛爷当然知道，颐和园里的鹦鹉、鸽子、音乐、花和尚小鸟、传膳、逗鱼等等情状，都是李连英苦心经营出来的。以逗鱼为例，那是李连英花费几年工夫，喂了几百担红虫才换来老佛爷的开心一瞬间。

李连英经常对乐寿堂的太监宫女说："老佛爷是天地间最尊贵的人，天上飞的，水里游的，都应该向她表达敬意。"

李连英人长得丑，事却干得漂亮，老佛爷喜欢得不得了。那些个太监宫女背地里给他取了个绰号，叫"佛见喜"。

一辈子的风光

光绪二十五年正月初二，荣儿一大早就起床了。那天是个要紧的日子，她要好好打扮自己。

宫里的规矩，只有在正月和老佛爷"万寿"节那个月份，宫女才可以穿红抹胭脂。平常她们都是淡妆淡抹，讲究个珠圆玉润。

荣儿用半个时辰打扮自己，打扮得像新嫁娘一样。紫红色丝绸棉袄，青缎子沿边，金线绦子，抵到耳垂的高领。外罩葱心绿大背心，绣万字图案，蝴蝶式的青绒纽襻，雕花的铜纽扣。

荣儿梳着油光的大辫子，辫根是二寸长的红绒绳，辫梢垂在大背心下面，红蝴蝶的辫坠。头上插一朵剪绒花，两耳黄澄澄的金坠子。两颊是微红的酒晕。上下唇正中，点上比黄豆稍大的两粒胭脂，这叫樱桃口，是宫廷秀女的标志性妆饰。

最打眼的是荣儿的那双鞋。鞋帮两边，绣着同样大小两两对称的四只蝙蝠，鞋尖正中绣着最大的一只。都用大红丝线绣成。鞋面正中有个圆形的寿字。大蝙蝠张着翅膀捧着这个寿字，眼睛盯着寿字中间镶嵌的一颗珍珠。这是皇太后贴身大丫头的金字招牌。没侍候过老佛爷的宫女，谁都没资格穿这种鞋。这鞋她们穿到哪红到哪。宫里的下人个个势利眼，你稍微有点特权，他们就苍蝇一样围着你乱转。

在乐寿堂大总管李连英的关照下，荣儿可以去神武门外会见家人。她很久没见他们了。她想他们。她还有礼品要送给他们，都是老佛爷平日的赏赐，市井中难得一见的稀罕物。

李连英曾对荣儿她们说："你们都是老太后的人，受老太后的教导，都是通情知礼的。不用说是你们，就是老太后屋里院里的一条狗、一只猫、一棵树，也都应该受到尊重。"

话是这样说，可荣儿总觉得李连英对她的关照更多些，连掌事大丫头娟子都没有她受到的关照多。李连英经常派人给荣儿家送东西，让荣儿很是过意不去。

正月初一老佛爷吃夜宵的时候，李连英把荣儿叫到殿廊下的铜鹿边上说话。这地方光线稍暗，别人从远处不容易看清楚。

李连英问荣儿："今天见到你干阿玛了？"

荣儿的干阿玛姓刘，是老佛爷的梳头太监，跟李连英是从小一起提扫帚的兄弟。小丫头们背后都叫他梳头刘，当面叫他刘大叔。荣儿十三岁进宫，不到一年，由李连英做主，认了梳头刘为干阿玛。宫里流行找靠山，新来的下人，一般都要找个年长的太监认干阿玛，以便遇事关照。

梳头刘很得宠。他做事不急不躁，眼角的皱纹里永远渗着笑意。嘴还巧，常在梳头的时候，自编些龙凤呈祥、风调雨顺的故事逗老佛爷开心。

荣儿闻言赶紧回复李连英："见到了。今天我干阿玛进宫，我迎面给他磕了三个头。干阿玛给了我一锭银子。"

李连英说："荣儿真懂事。今天老太后赏菜，我分给你干阿玛一碗，还给你阿玛留了两碗。我给你阿玛捎信去了，让他明天上午带家人来看你。明早起来，赏你半天假，不用当差了。"

荣儿流着眼泪给李连英请了跪安。

荣儿对自己的打扮很满意。她拿上包裹出门，随一个小太监先到永寿宫西配殿，这是李连英平常歇脚的地方。在这里她遇见了老太监陈全福。

陈全福对她说："荣姑娘，咱俩一起走。"

荣儿立刻明白是咋回事。陈全福是想借她这条小水沟，往外边流点脏水。宫里的规矩，太监进出神武门得空着手才行，护军有权对他们搜身。老佛爷的贴身大丫头却不一样，谁敢对她们摸摸索索？

荣儿走在石子铺成的甬道上，前面有老太监带路，后边有小太监跟班，心里那叫一个得意。五九天气，仍然属于严寒季节，她感受到一阵阵地冷，脚指头像猫抓似的疼。但她一路摇摇摆摆，恨不得把"五福捧寿鞋"踢到别人的鼻子底下，叫他们一个个都看清她的身份。

荣儿这边正在卖弄，蓦然听见有人在长春宫门口高喊："土地爷放屁呀，神气！"

接着又有人喊："在外头摇断膀子，回宫里饿断嗓子。"

荣儿扭头一看，乐了，原来是隆裕皇后的贴身大丫头小宽子和秀玉。她们是一起进宫的好朋友，每次见面都要嬉闹一回。

三个花枝招展的大姑娘在一起纵情笑谑，引来无数关注的目光。

从顺贞门到神武门那一段路，叫西二街。那是一段很长的甬路。在这条路上，每个老太监见到荣儿都鞠躬行礼。他们站在路边，腰一弯，说："姑娘新禧。"

这是给荣儿拜年呐。

荣儿一路听到几十声"姑娘新禧"，心里美极了。

对老太监，荣儿随便说句什么就过去了，嗯一声也行。对小太监就不同了。小太监离她一丈多远就两手下垂站好，低头等着。荣儿走到近前，小太监恭恭敬敬地请安，她哼都不哼就过去了。

没想到那次会见家人不久，老佛爷指婚，竟然让荣儿嫁给梳头刘。荣儿心里一万个不愿意。他是我干阿玛呀，这怎么行？但她不敢说。在别人面前怎么风光都可以，在老佛爷面前，她就是个物件，老佛爷想把她给谁就给谁。

出嫁那年，荣儿十八岁。

荣儿问梳头刘："干阿玛，你一个假男人，要女人有何用？"

梳头刘说："你长得好看，我娶来留着看。"

荣儿的眼泪唰唰而下。

梳头刘说："你流泪的时候更好看。"

老佛爷破例给了荣儿八副抬的嫁妆，可荣儿一点也高兴不起来。荣儿有时会梦见她走在西二街上的风光，醒来枕边全是湿的。

　　荣儿对人说那是她一辈子的风光。

　　荣儿嫁给梳头刘不久，那个老太监的差事就变了，每天去给光绪梳头，再把所见所闻向老佛爷细细禀告。

　　荣儿知道这一切都是李连英的主意。她恨他。

珍妃之死

　　光绪二十六年，也就是庚子年的七月二十日下午，荣儿在乐寿堂当差，伺候老佛爷午睡。

　　荣儿像往常一样，背靠寝官的西墙，距离老佛爷的龙床只有二尺远，坐在镶着金块的地砖上，面对屋门。

　　荣儿盘腿而坐，眯着眼，凝神倾听：老佛爷睡得安稳不？睡得香甜不？出气均匀不？咳嗽不？翻身不？这一项一项都得牢牢记在心里头，说不定哪天内务府和太医院就要派员询问，答不上来可不行。

　　老佛爷以往睡觉都打鼾，有时在门外值班的侍女都能听见。可是今天奇怪了，一点声音都没有，还经常翻身。荣儿心里正在犯疑，却见老佛爷腾一下从龙床上坐起来，伸手撩开纱帐。荣儿吓了一跳，赶紧起身，轻轻拍了三巴掌，给门外的侍女传递信号：老佛爷起床了。

　　撩纱帐是侍女的分内事，老佛爷怎么好亲自动手呢？这又是一个奇怪。半个月以来，荣儿心里生出大大小小好些个奇怪。挑大的说，主要有三个：

　　一是老佛爷好多天不去御花园遛弯。老佛爷喜欢遛弯，遛弯的时候，那叫一个神气。皇后、嫔妃、格格，都陪侍着。有时连同治爷的两位皇贵妃，也来陪侍。加上端茶倒水捧果盘的太监官女，身后哩哩啦啦跟着四五十人。

二是御花园周边来了好多持枪的太监，一个个紧张兮兮，问他们干吗谁也不说。

三是老佛爷的情绪不对，整天板着脸，没一丝笑模样，而且右边眉毛上挑，左边嘴角下撇，都歪得厉害。这是她心里憋气的症状，说不定几时爆炸。

掌事大丫头娟子暗中嘱咐荣儿，这几天要格外留神，小心侍候着，千万别出了差错，免得自找倒霉。

老佛爷以往的习惯，起床后要先擦把脸，再舒舒服服坐到龙椅上，喊一声："小荣儿，敬烟来。"

荣儿是老佛爷的敬烟兼侍寝侍女。宫里的规矩，能迈进老佛爷寝宫门槛的，是上等差事；能敬烟敬茶的，是上上等；能在上房值夜的，是特等；能贴身更衣、洗漱、侍寝的，是特特等。荣儿的差事是上上等加特特等，宫里的下人都羡慕得不行不行的。

今天格外奇怪，老佛爷匆匆擦把脸，那盏金身玉嘴的鹤腿水烟袋，她看也不看一眼，跟谁都不说话，独自走出寝宫，一路向北。

荣儿心里发毛，心慌意乱地跟在老佛爷身后。走出没多远，娟子也来了。两人跟着老佛爷一直走到颐和轩。

路上遇到一个扛枪的太监，荣儿认识，叫唐冠卿。老佛爷对他说："你守在颐和轩这里，谁敢进来，拿枪打死他！"

荣儿吓了一跳。瞅一眼娟子，见她脸色煞白。

老佛爷一直走到顺贞门外的一口水井边上才停住脚步。

荣儿心里扑腾扑腾的，忍不住胡思乱想，老佛爷不是要寻死吧？听说北京城里闹义和团，引得洋人都打过来了，但谁也弄不清到底是怎么回事。老佛爷是不是为这事想不开？

很快，乐寿堂二总管崔玉贵来了，身后跟着珍妃。

荣儿很长时间没见到珍妃了。戊戌那年闹风波，光绪爷被囚禁在瀛台，珍妃被囚在北三所。听说珍妃的屋子长年累月是从外面反锁的，只有一扇窗户可以打开，用来递饭递水递马桶。两个老太监轮流监视，每月的初一、十五两天，或者遇到什么节日，老太监都要奉旨申斥，历数珍妃罪过，催她改过自新。珍妃跪着听训并叩首谢恩。

珍妃一见老佛爷，立马跪在地上，小声说："老祖宗吉祥。"

老佛爷的嘴角撇了几撇："现在还能叫吉祥吗？义和团捣乱，洋人进京，我们该怎么办？"

珍妃低头不语。

老佛爷提高嗓门："我们娘儿们都跳井吧！"

珍妃倏然抬头，睁大眼睛，带着哭腔："老祖宗，珍儿有罪，但罪不至死呀。"

说完便哭了起来。

老佛爷说："哭，哭什么哭？不管有罪无罪，难道还要留着你给洋人糟蹋吗？跳井吧，你先跳，我也下去。"

珍妃哭着给老佛爷磕头，恳求开恩。

老佛爷瞥了崔玉贵一眼。崔玉贵赶紧上前一步，对珍妃一弯腰："请小主子遵旨吧。"

宫里的称呼，叫皇后为主子，叫嫔妃为小主子。

珍妃猛抬头，一双泪眼瞪着崔玉贵："你什么东西，也敢来逼我？"

崔玉贵又一弯腰："小主子先下去，随后我也下去。"

珍妃啐了一口："狗东西，你也配？"

听到这里，荣儿紧张得要昏过去。

这时老佛爷说："把她扔下去吧。"

崔玉贵闻言赶紧把珍妃抱起往井口去。珍妃手乱抓脚乱蹬，荣儿吓得赶紧闭上眼。

荣儿听见珍妃撕心裂肺连喊三声："皇上救我！"

接着是呼嗵一响，大清国的天色瞬间暗淡下来。

当晚还是荣儿侍寝。第二天凌晨三四点的样子，荣儿听到外殿的屋脊上，传来很多猫叫。叫声凄厉，尾音很长很长。以前她也经常听到猫叫，但都没有这般凄厉。她打了个激灵，心说是不是珍妃化作厉鬼来找老佛爷寻仇啊？

天亮后猫叫声还没有停止。老佛爷被猫叫惊醒，也纳闷，打发人到外面看看咋回事。这时大总管李连英走进门，慌里慌张地禀告："不好啦老佛爷，鬼子进了城，全冲着紫禁城开枪，枪子一溜一溜在天上飞呀。"

荣儿跟老佛爷一样，到这时才明白，几个钟头的猫叫原来是子弹的呼啸。

到传早膳的时辰，有一颗流弹击中了乐寿堂的殿瓦，李连英大喊一声："老佛爷快起驾吧！"

所谓起驾，就是预先设计的率众逃亡。

逃亡路上荣儿见到了大清国皇帝光绪。光绪面无人色，眼睛像死羊一样发呆。

溺死珍妃的那口井，后来叫作珍妃井。

太后的午餐

　　光绪二十六年七月二十一日巳时刚过，三辆牲口拉的轿车和一辆拉杂物的蒲笼车，出现在颐和园北侧的乡间土路上，朝更远的北方，颠簸而行。

　　第一辆轿车上坐着三个人：一位是大清国慈禧皇太后，身穿半新半旧深蓝色大襟褂，浅蓝色裤子，全新的黑鞋白袜，后脑上一盏盘羊式发髻；一位是光绪皇帝，身穿深蓝色无领长衫，肥大的黑裤，圆领小草帽，活脱脱一个商号的小伙计；两人身后是太后寝宫乐寿堂的掌事大丫头娟子。

　　第二辆，坐着大阿哥、隆裕皇后、瑾妃和侍女。

　　第三辆，坐着几个皇亲国戚的女眷和伴驾的格格。

　　蒲笼车上除了杂物，还坐着太后的贴身大丫头荣儿。

　　荣儿的头等差事是侍候太后抽水烟。

　　太后不可一日无水烟。

　　车队前方，走着乐寿堂二总管崔玉贵。车队后边，走着乐寿堂大总管李连英。这二位在宫里有个外号叫"哼哈二将"，现在正好一前一后护卫着太后和皇上。

　　各色人等，都一律汉人打扮。

　　那天一大早，车队慌慌张张出了京城。途中在颐和园小憩片刻，又匆匆赶路。八国联军已经攻进北京，谁都不知身后有无追兵，也不知此行的终点在何方。

走得过于匆忙，既没带吃的也没带喝的，都天真地以为，只要带着银子就可以。

路两边是一望无际的青纱帐，一丝风也没有，太阳瞅着像火盆一样。昨天下过一场雨，地面的湿气蒸腾上来，汗水渗透衣衫，难受劲儿就别提了。

正午时分，总算走到一个小小的集镇。车夫对太后说："老人家，不能再走了，牲口该喂了，人也得吃点东西。"

"老人家"就是太后。太后有旨，逃亡路上，无论何人都得管她叫"老人家"，同时管皇上叫"当家的"，万不可暴露身份。

太后听了车夫的话，身子一动不动，对光绪说："当家的，你发个话。"

光绪说："歇歇吧。"

这些话都是娟子后来告诉荣儿的。

停了轿车，李连英和崔玉贵赶紧上街买吃的，可所到之处，店门一律紧闭，室内空无一人，连民宅也是空的。后来在大车店里逮着一个乡民，好说歹说，用十两银子买了他半亩地的玉米和豇豆。

荣儿和娟子好一通忙活，剥玉米剥豇豆，煮玉米煮豇豆。大车店的厨房里烟熏火燎，呛得二人不停地咳嗽。

荣儿和娟子边咳嗽边说话。

荣儿说："这时候洋人该进宫了吧？留在宫里的姐妹不知怎么样了。"

娟子说："能怎么样？大概都跳井上吊了吧。"

荣儿说: "临行前她们把首饰都给了咱俩,就是预备去死的。"

说完二人大哭起来。

崔玉贵过来帮忙,听见对话和哭声,接着说: "姑娘别怕,就当咱们已经死了吧,现在能喘气算是赚的。事到临头须放胆,死都不怕,别的没什么好怕。"

等崔玉贵离开,娟子对荣儿说: "难得崔总管狗嘴里能吐出个象牙。"

娟子深得太后宠爱,并不把崔玉贵放在眼里,常在荣儿面前说他坏话。

不过这一回,荣儿没有迎合娟子,只兀自小声说了句: "就当是已经死了吧。"

不大一会工夫,崔玉贵又回来了,对她们说: "兵荒马乱的,有银子也买不到东西,以后几天怕是更难,咱们是老人家身边的人,无论如何也得想出办法,不能让老人家挨饿。"

荣儿和娟子又哭了起来。

娟子说: "那就割我们俩的肉吧,先割我的,我不怕。"

荣儿说: "还是先割我的,我也不怕。"

崔玉贵说: "姑娘,咱谁的肉都不割,多尽心尽力就可以。"

这时一个车夫手持一棒生玉米,边啃边往厨房这边走,生玉米的白浆顺着车夫的嘴角淌下来。

崔玉贵说: "实在没辙,我们也可以啃生玉米。到处都是青纱帐,老天爷有眼,饿不死咱这些小家雀。"

娟子瞪了崔玉贵一眼，崔赶紧改口："咱们可以生吃，老人家和当家的当然不能。"

午饭做好了，按人头每人一棒玉米加半碗豇豆粒。太后和光绪都不吃，只各自喝了一碗热水。

按李连英的安排，把没来得及煮的青玉米和豇豆角全部装上蒲笼车，还砍了两大捆玉米秆绑在车上。

车队出发前，娟子递给荣儿一个布包，包里有两棒熟玉米。

娟子要荣儿跟她换车。娟子说："给你一个机会单独孝敬老人家和当家的。"

荣儿知道娟子是想让她在太后和光绪面前有一个露脸的机会。娟子对荣儿的好，荣儿在心里记了一辈子。

轿车里很热。热气和牲口的腥膻味，让人非常恶心。这些都还能忍。最难忍的，是喉咙里渴得要冒烟。

李连英吩咐崔玉贵给各辆轿车都送去几支削掉外皮的玉米秆，让大家嚼玉米秆解渴。

太后拿起玉米秆，瞅瞅光绪，又瞅瞅荣儿。光绪和荣儿都半低着头，不敢看她。

太后忍不住一小口一小口嚼起来。随后光绪开嚼，荣儿也开嚼。

下午三点，是太后平时午后加餐的时辰。荣儿掀起车帘子，瞅瞅太阳，估计时辰差不多了，这才把娟子的孝心禀报给两位主子。

荣儿觉得，她不能抢了人家娟子的功劳。

太后听完，慢声细语说了句："娟子和荣儿都有孝心。"

荣儿把一棒熟玉米呈给光绪，光绪接过就啃，狼吞虎咽，一点点皇帝的风度都没有。荣儿把另一棒上的玉米粒轻轻剥下来，放到手绢上，双手捧给太后。

太后拔下头上的簪子，用簪子扎玉米粒，斯斯文文，扎一粒吃一粒。

太后的眼泪像玉米粒一样，从眼角簌簌往下落。

太后边落泪边说："要是能有几个鸡蛋吃吃就好了。"

天恩浩荡

　　光绪二十六年七月二十四日黄昏，军机大臣刚毅来到怀来县知县吴永的住处，一进门就大叫："皇上有旨，渔川跪接！"

　　吴永慌忙下跪，刚毅高声宣读："奉上谕，怀来知县吴永，着办理前路粮台，赏四品顶戴。"

　　吴永字渔川，刚毅叫字而不叫名，是跟他客气。以刚大人的身份地位，叫他吴永也无不可。

　　吴永心里清楚，所谓皇上有旨，其实是太后的恩典，在太后面前，皇上不过是个摆设。

　　吴永是头一天下午才接到两宫"西狩"途经怀来的消息。本日上午十点，他匆匆赶往城外二十五里的榆林堡驿站恭迎圣驾。

　　太后驾临驿站不久，便宣旨召见吴永。太后先问吴永姓名原籍任职时间等等事端，又问县城有无接待准备，吴永一一作答。听到县城官绅已尽心尽力恭候圣驾，太后陡然放声大哭。

　　太后边哭边说："我和皇帝连日行路数百里，竟不见一个百姓，也不见一个官吏。今天到怀来境内，你能身着官服前来迎驾，显然是我大清的忠臣。"

　　太后抹抹眼泪接着说："不料大局坏到如此境地，今天见到你，尚不失地方官员礼数，对此我非常欣慰，但愿我大清江山能安然无恙。"

说罢太后再次放声大哭。

吴永亦不知不觉痛哭失声。

少顷，太后止住哭声，说："我与皇上已两日不得饱食，此间可有食物充饥？"

吴永赶紧叩头："启禀太后，我们原先预备的菜肴均被溃兵抢掠，现只剩绿豆小米粥一锅，粗粝难咽，不敢上进。"

太后闻言喜上眉梢，说："小米粥甚好，速进速进。"

说起来也是吴永粗心，慌乱中，只备了米粥却没预备筷子。太后下旨，用高粱秆当筷子。

吴永站在驿站门外守候，听见室内传来一阵阵争饮豆粥的嗫喋声，心酸得要命。

过一阵子，李连英出来，面带微笑对吴永说："老佛爷对你很满意。好好伺候着吧，必有好处。"

稍顿又说："老佛爷特别想吃鸡蛋，有办法吗？"

吴永赶紧拍拍胸脯："那什么，下官就是头拱地也要想出办法来。"

李连英笑得更好看了，说："好的好的。"

吴永心里七上八下进了街市。街上空无一人，所有店铺和居室也都是空的。他走进一家店铺翻箱倒柜，没有，不光没有鸡蛋，任何吃的都没有。再进一家，还是没有。

第三家第四家第五家，都没有。

吴永心里开始打鼓，鼓点越来越密。

不记得是在第十几家店铺，吴永从一个抽屉里翻出五枚鸡蛋。他在欣喜之余又很紧张，不知为何，竟紧张得浑身发抖。

五枚鸡蛋之外，吴永还幸运地找到一撮粗盐。

吴永在那家店铺后院的厨房里生火煮蛋。笨手笨脚忙活半天，弄得烟熏火燎，才终于煮好。他小心翼翼捧着五枚鸡蛋和碗中的一撮粗盐，把它们都交给李连英。

不到一刻钟，李连英从屋里出来，脸上笑成一朵大丽花。

李连英对吴永说："老佛爷很受用，五个蛋，她吃了仨，剩下俩，给了皇上。你立功了，吴知县。"

午时刚过，太后起驾，赶往怀来县城。吴永在门外报名跪送，然后骑马抄近道赶回县衙。

县城内的居民，家家闭户，店铺也都不开门。此种情状怎可迎驾？吴永传令下去，居民各家一律启户，门外摆设香案，有彩灯的人家都要悬挂出来，没有的，可用红纸张贴楹联。两宫驾到，居民可于门外跪看，但不得喧哗骚动。

时间仓促，只能将县衙临时布置成行宫。吴永仔细查看，感觉陈设尚可，这才稍稍安心。

这边刚刚查看完毕，那边打前站的太监已经赶到，吴永带他去各个房间阅视，那太监似乎很满意，叹了口气说："咱们今天总算是到地头了。"

北京土话，"到地头"就是到家了。

申时三刻两宫驾到，吴永照例跪迎于行宫门外。两宫入住不久，太后又传旨召见，见面后只一句话："难为你办得这样好，退下休息吧。"

吴永从走上仕途那天起，从来不敢想象自己会在一天之内从七品升到四品，而升迁的资本仅仅是一锅豆粥、五枚鸡蛋、一撮粗盐和怀来县城粗陋的接待条件。看来仕途这东西，说好走也好走，运气来了什么都挡不住。

天降如此大恩，让吴永有些不知所措。他第一时间想到，若是随驾办差，怀来县城的安全问题该咋办哩？每天都有溃兵游匪过境，倘无地方官在此应对局面，后果将不堪设想。

吴永犹豫再三，决定还是辞了这官，否则一旦出事，他将以何种面目面对全城的士绅百姓？

吴永想请李连英为他代奏原委，不料此君已早早歇息。

吴永只好拜见京城旧交肃亲王，肃王皱着眉头说："你是不是不想为太后效力？"

吴永再三解释，肃王不光听不进，还怪声怪气说一句："还是当县太爷好啊，听说村村都有丈母娘。"

吴永受了肃王的奚落，心里很不是滋味，转身拜见端郡王。端王的眼珠子瞪得比牛眼还大，说："你是想为人民服务是不是？你这不是脑子有病嘛。"

端王说完，歪着头，像打量精神病人一样把吴永瞅了好一阵子。

吴永辞别端王，路上遇见军机大臣王文韶，于是向他倾诉心曲，不料王大人面露讥笑，对他说："渔川，咱俩是老乡，说话不妨直来直去，你心里真是这样想的？在你心里，士绅百姓比太后和皇上还重要？你这想法很危险嘛。"

听罢此言，吴永吓出一身冷汗。这时才完全清醒过来，仕途这东西，说难走也难走，一念之差就可能掉脑袋。

天恩浩荡，龙卷风般将吴永裹挟而去，从此吴大人一心一意为太后办差，把怀来的士绅百姓忘到九霄云外。

大阿哥

　　光绪爷搞了一场火烧眉毛的变法，弄得朝野鸡飞狗跳，让皇太后很不开心，致使母子失和，时局动荡。先有光绪爷被囚于瀛台涵元殿，后有端王之子溥儁进宫，称作大阿哥，以储君身份在紫禁城内等待登基。皇太后在气头上，真就想把光绪爷给废了。不料这废立之念，经端王等人的再三拨弄，纠纠缠缠，曲曲折折，竟乌烟瘴气地引爆一场天大的风波，史称"庚子事变"。事变的高潮是皇太后和光绪爷慌张出京，朝野讳为"庚子西狩"。

　　西狩途中，由两位贴身大丫头照料皇太后的起居。一个叫荣儿，一个叫娟子。

　　发生在皇太后身边的事，荣儿和娟子最上心，就像是她们的家事一般。

　　出京前后，荣儿和娟子私下议论最多的话题，是大阿哥和李连英。

　　要说大阿哥，得先说端王。端王是有名的花花公子，声色犬马，吹拉弹唱，无一不好，无一不精。大阿哥在这方面，跟他老子一样一样的。十五岁的小屁孩一张嘴，学谁像谁，谭鑫培的京剧名作《空城计》《捉放曹》，唱得几乎乱真，连谭老板都忍不住夸他几句。可这孩子就精在一个"玩"字上，人情世故一概不知。进宫后稍不顺心，便对天号叫，谁劝都不听。"玩物丧志"四个字，用在他身上，再合适不过。

庚子年义和团闹得最凶的时候，这对宝贝父子还弄出一场逼宫闹剧，硬闯皇家禁苑，企图强迫光绪爷退位。

听说场面很混乱。涵元殿前有两伙人在吵闹对峙，甲方是先到的端王一伙和数十个身穿红黄的义和团，乙方是闻讯赶来的李连英与内廷众侍卫。对峙很久大阿哥才出场，其言行跟演戏相差无几。

大阿哥先跟端王等人嘀咕一通，随后来到涵元殿前，跪在台阶下面，用京韵大鼓的腔调唱了一句："万万岁！儿臣溥儁跪求面见皇阿玛。"

少顷，李连英喊："大阿哥见驾。"

大阿哥起身，前行几步，靠近殿门时，在侍卫的阻拦下再次下跪，唱的还是京韵大鼓："儿臣溥儁，给皇阿玛请安。儿臣已将载漪、载洵、载澜全都斥退。万万岁请恕儿臣无罪，不然儿臣就不走了——"

李连英听不下去："大阿哥，您怎敢这般说话？"

大阿哥剜了李连英一眼，仰着头说："啊哈李总管，这里有你说话的地方吗？你怎么跟我说话不跪下？"

李连英回复："奴才宫命在身自当不跪，大阿哥请自便。"

这时光绪爷在殿内出声，很不耐烦："好啦溥儁，恕你无罪，跪安吧。"

李连英应声叫道："大阿哥跪安。"

接着小声催促一句："大阿哥您可以退下了。"

这时皇太后恰好赶到，一场闹剧瞬间归于寂静。

消息传回乐寿堂，大小太监宫女对李连英无不赞佩。皇太后也很满意，赏他许多幅大字。

事后连续几日，荣儿和娟子都喜欢在没人的角落，模仿京韵大鼓小声说话，说完嘻嘻笑作一团。

从此荣儿和娟子一见大阿哥就想笑。西行路上每天都见，每天她们都在心里笑一回又一回。

七月天气又闷又热，崎岖难行的小路，满眼无边的青纱帐，单调得让人心慌。大阿哥寂寞难耐，用京剧打发无聊，一段一段地唱，时而悲愤苍凉，时而抑郁凄婉，荣儿的心都快让他唱碎了。

荣儿无意中发现，皇太后在大阿哥的戏声里默默流了好一阵子眼泪。

很多年后荣儿还记得大阿哥唱的那段《击鼓骂曹》："平生志气运未通，好似蛟龙困在浅水中。有朝一日春雷动，得会风云上九重！"

这段唱词大阿哥唱得次数最多，声音也最嘹亮。可惜他永远等不到"春雷动"的那一天了。辛丑年回銮，他的大阿哥身份很快被取消，出宫后沉溺酒色鸦片，渐渐沦为依靠变卖古玩字画和祖产过活的浪荡子。中年双目失明，家业也都败光，靠熟人施舍度日。晚年光景更是伶仃得让人不忍目睹。

这样唱了几日，大阿哥不知从哪弄到一只手鼓，没日没夜地敲。荣儿亲眼看见他在一棵大树下边，手腕甩来甩去，把小鼓敲得又爆又脆。

接近山西地界，大阿哥的轿子后边，突然冒出一辆驴车，车上装着他的各种宠物和玩具，包括三十只白天叫个不停的大肚绿蝈蝈，三只晚上叫个不停的蟹壳青油葫芦，两只黄色的野兔，一条俗称二板凳的杂毛农家土狗，四只黑翅膀的鸽子，还有二胡、笛子等各式各样的乐器。

皇太后真是好脾气，小屁孩这般闹腾，她却一声不吭。刚上路时她曾经发布口谕："现在讲不得什么规矩了……"

进入山西地界，一天早晨，西狩队伍刚刚启程，大阿哥的轿子里陡然传出一阵悲凉的唢呐声。不知为何，娟子的脸色一下子变得煞白，慌慌张张跳下车去。没多久，大阿哥的唢呐声戛然而止。

娟子喘着粗气回到她和荣儿坐的驴车上。荣儿问怎么回事。娟子说她找李连英去了，求他转告大阿哥，吹啥都行，就是别吹唢呐，唢呐是民间办白事最常用的乐器，皇太后的轿子走在前面，你大阿哥跟在身后吹送殡的调调，像什么话？

荣儿听了心里一抖。

这边娟子话音未落，那边大阿哥唱腔又起，还是那段："平生志气运未通，好似蛟龙困在浅水中……"

在大阿哥时断时续的唱腔中，西行之路越走越窄，左右两边的青山劈头盖脸地压下来，让人几乎喘不上气。

刺杀李鸿章

刺杀李鸿章的那个日本浪人，叫小山丰太郎。后来改名叫六之助。你叫他小山，或者小六，都行。

枪击李鸿章那年，小山二十七岁。少年时，他两度退学，时常流落街头。等拳头渐渐变硬，为一口饭一杯酒一夜情，自觉不自觉，竟沦为街头打手。他们有一个听起来还不错的称呼，叫"壮士"。

小山壮士曾两次因斗殴而坐牢。

很多人问小山，为何要刺杀李鸿章？小山说，你傻不傻，这还用问吗？为了国家嘛。你想想，一旦日清两国和谈成功，大好的战争局面就会终止，我们征服东亚的强国大梦就会破灭……而阻止和谈的最好办法，就是干掉李鸿章。何况，此人是东洋豪杰，更是日本公敌，留着早晚是个祸害。

打定主意以后，小山回到群马县老家。目的有两个，一是弄钱买枪，二是跟家人道别。

买枪需要钱，行刺途中的餐宿，当然也需要钱。小山的衣兜比脸干净，要筹措足够的费用，只有回家哄骗那个在县议会当议员的父亲。

回家后第二天夜间，小山悄悄去了母亲的墓地。他跪在墓碑前面，流着眼泪告诉母亲，他很快就会来陪她，永远陪她。

小山总共弄到三十三元钱。那时候一个工人三天才能挣到一元钱，三十三元不算少了。小山的父亲怎么就信了他的谎言呢？

钱刚刚到手，小山便迫不及待要走。

清晨时分，天色幽暗，雪花飞扬。

小山的父亲站在家门口目送小山的背影。两个年幼的弟弟少不更事，还在餐厅里嬉闹。继母在收拾早餐后的碗筷。正当芳龄的妹妹把小山送出很远。小山心中默念前辈刺客佐野竹之介的诗："决然去国向天涯，生别又兼死别时。弟妹不知阿兄志，殷勤拽袖问归期。"念罢，眼泪哗哗流淌。

天色愈发幽暗，雪也下得越来越大。

妹妹说，哥，这种天气，不走不行吗？

小山说，不行。

小山在银座的照相馆买到一张李鸿章的照片。他得记住李鸿章的脸才行。这事关系到日本的国运，他千万不能马虎。

小山在横滨的"金丸铳炮店"，买了一把"五连发上推式"手枪，外表像银圆一样闪亮。

刺杀事件发生后，一家报纸说，凶手用一把生锈的手枪开火……小山心说，我勒个去，那个小破记者太幼稚了。

小山去东京浅草公园的打靶店练习射击。他用玩具手枪练了三天。当他要求用真枪打靶的时候，打靶店的老板娘，那位慈眉善目的老妇人吓得不行不行，用一连串尖叫把他赶出大门。

小山想去芳原一趟。他是快死的人，找个美女放松一下，死也死得甘心。他决定去河内楼。那是一家很出名的小店，女孩个个漂亮，价钱也算公道。他以前去过几次。有个来自江户的姑娘，叫溪美子的，哎呀那个溪美子……

路上小山突然想起，西野文太郎刺杀文部大臣森有礼的前夜，就住在河内楼，而来岛恒喜刺杀外务大臣大隈重信的前夜，也曾登过此楼。倘若他再前往，河内楼就会成为杀人犯的诀别之地……罢了罢了，别给人家心里添堵。

小山从东京赶往广岛。去了才知道，日清和谈地点已经改到马关。小山的心情很是不爽，搞什么名堂嘛，国家大事，弄得儿戏一般。

让小山发愁的是，旅费已经不多。

小山离开广岛，步行去马关。他在路过的森林或峡谷中练习射击。他买了五十发子弹，途中练掉了四十五发，只保留枪膛里的五发。

小山打死了一只鸟。他把鸟的脑袋给打飞了。他想，要是能把李鸿章的脑袋也打飞，那该多好。

没等走到马关，小山就花光了所有路费。无奈之下，他把一身新衣典给当铺，买了一件破破烂烂的窄袖和服。两者的差价，能让他再吃几天饱饭。

和谈已经开始，李鸿章每天都从下榻的引接寺去春帆楼，与日本的栋梁之臣伊藤博文和陆奥宗光商讨国事，下午四点左右再回到住处。整个马关都在议论李鸿章和清国官员。他们穿着马戏团一样东缝西补的衣服，打着庙会上用的阳伞，样子很是古怪。每天都有很多人在街道上观赏他们。

光绪二十一年二月二十八日下午四点前，小山赶到引接寺不远的一个街道拐角，这里是他精心选择的行刺地点。他事先在公厕里检查了手枪。枪身、枪机、枪膛、子弹，都没问题。信心也没问题。

是日天色晴好，樱花欲开未开，为小山的刺杀行动涂抹出一片浪漫色调。

小山的身前拥挤着五六排看光景的人。站在最前面的，是警察和宪兵，按大约一米一人的密度排开，不断对人群大声呵斥。

李鸿章终于出现。他坐在一顶轿子里，上半身露在外面，目光炯炯，比照片上还要犀利。

小山心跳加速，奋力拨开人群，冲到轿子前面，左手按住轿杠，右手紧握手枪，瞄准李鸿章的脑袋，猛然扣动扳机……

枪响之后，小山还在心里嘀咕了一句，看谁再敢说我没出息？

不料李鸿章仅仅是面部受伤。日本媒体后来报道说，李鸿章遇刺后"立即以右手的长袖掩住伤口，并无震惊的神色"。

小山却狼狈不堪。他的脖子、手臂和身体，被一拥而上的警察和宪兵五花大绑，绑得几乎看不出衣色。

很多年后小山还在后悔，他妈的怎么就开了一枪。

小山做梦也没想到，砰的一声枪响，竟然在整个日本掀起一阵惊涛骇浪。日清两国无条件停战，减少清国战争赔款一亿两白银。舆论为之大哗。

小山被判处无期徒刑。判刑他不在乎。让他伤心的是，全国媒体都叫他"狂徒"，有的还骂他是"爱国贼"。

小山委屈得大哭，哭一场又一场。

马关枪声

晚清年间大清国最大的"卖国贼",是李鸿章。此君系安徽合肥人,号少荃。按官场礼仪,比他年长位尊的,大多叫他少荃,比他年轻位卑的,一律叫他李中堂。中堂是官场中人对大学士的尊称。

赴日本马关谈判那年,老李七十三岁。

光绪二十一年二月二十三日上午八时许,老李以全权大臣名义,率领大清国外交使团一百余人,抵达日本马关。他本想住在船上,大清招商局的海晏轮。海晏是一艘下水多年的老商船,后来改为客船。坐它去日本,是因为老祖宗留下一句成语叫"海晏河清"。讨个口彩而已。

可没想到日方不同意大清外交使团住在船上。一番交涉,只好妥协。老李来马关,就是来妥协的嘛。

当天接到日方照会,说日本以首相伊藤博文和外相陆奥宗光为全权大臣,于次日下午在春帆楼举行首次会谈。

春帆楼是一座依山面海的旅店。店名为伊藤题写,取意为"春日海上之帆"。这里还是日本第一家官方认可的河豚料理店。伊藤是个嘴馋的家伙,还好色。听说春帆楼的老板娘,跟他挺那个啥。

春帆楼在老李到达之前装修一新。从玄关到二楼,都铺上了地毯,楼梯还加装了扶手。有不少贵重物品是从日本皇官里搬来的，比如会议室内那十几把镶金的座椅。

老李心说，小样，用十几把镶金座椅就能跟我大清比富吗？

这是老李跟伊藤的第二次会见。第一次是光绪十年，他们在天津就朝鲜问题进行会谈。老李以为"老朋友"见面，伊藤能对他客气些。谁知道这厮闲聊时很客气，忽忽哈哈一个劲鞠躬，还时而谈笑风生，可一谈正事那张驴脸就难看得很。

谈判很不顺利。为两国停战事宜，怎么也谈不到一块去。先是日本不同意无条件停战，后是大清不同意日本的停战条件。反复交涉三次毫无结果。无奈，双方决定跳过这一环节，直接进入议和桥段。

其间，伊藤漫不经心地告诉老李，日军已经攻入台湾。这话把老李气得牙疼。

老李到死也不能忘，不敢忘，二月二十八日下午四点，从春帆楼返回下榻处，在靠近引接寺的街道拐角，围观的人群里突然冲出一个破衣烂衫的日本浪人，一句话不说，冲着他的脑袋开了一枪。子弹打碎了他的老花镜，击中左眼下方，顿时血如泉涌，蓝色官服的前胸和补子上的白色仙鹤图，都溅满鲜血。

局面一片混乱。轿夫吓得呆立原地，一动不动。老李端坐轿内，用右臂长袖遮住伤口，冷静地看着对面的凶手被警察和宪兵五花大绑。

凶器是一把左轮手枪，枪膛里还剩下四发子弹。老李要求日方把那四发子弹都赠送给他。他要把子弹传给子孙，让他们知道，他们的祖先曾经怎样为国效命。

事发之后，日本朝野陡然震荡。天皇派人慰问，皇后亲手制作绷带并派来两名护士，伊藤派军医前来治伤……各界人士来引接寺慰问探望的，像潮水般一波一波一波，简直要把老李烦死。

各种礼品也接踵而至。最稀奇的，是一个巨大的水族箱，里边养了七十多种海洋生物。养伤期间老李经常逗弄那些水族，感觉挺有意思。

老李电告北京，郑重说道，"该国上下礼谊周至，不过敷衍外面"而已。

刺杀事件让伊藤气急败坏，两次要求法庭判处凶手小山丰太郎死刑，还向裁判长暗示，只要照办，将来会给他提供一份更好的差事。可那裁判长不识抬举，以司法独立为由，毫无情面地拒绝了首相的指示。老李特别纳闷，这么个小事伊藤都办不下来，他是怎么调动军队打败大清的？嗯？很奇怪嘛。

遭此事端，大清使团内部，很多人都晕头晕脑，不知如何是好。他们晕他们的，老李不能晕。

第二天凌晨，老李传下话去，让停泊在港口内的海晏号生火，做出启程回国姿态。老李的儿子李经方吓坏了，说爹呀，咱真要回国？

老李说，你这孩子傻不傻呀，没有圣旨，回去就是找死嘛，我那是吓唬日本人的好不啦。

海晏号的滚滚浓烟，很快把陆奥给引诱到老李的卧室里来了。陆奥说："中堂身受重伤，幸未致命。中堂不幸，大清举国之大幸。此后和款必易商办。"这是口头支票，老李不置可否。陆奥见他面色不怡，赶紧送上一块蛋糕："请宽心养伤，中日战事将从此止。"

老李心中一喜，这意味着两国将无条件停战。

陆奥刚走，老李立即吩咐经方给他留守天津的弟弟经述去电："停战已成，天津家眷无须南迁。"

唉，国事家事，一件件一桩桩，哪件哪桩不得老李操心？

三月初四下午，老李看到日方提供的停战协议草案，才知道陆奥所说的停战，是只停一半，台湾不停，别处停。老李觉得陆奥这厮过于狡黠。

停战协议既已签订，和谈随之重启。陆奥所说的"大清举国之大幸"还真就有些道理，经老李再三再四恳求，日方答应减少战争赔款一亿两白银。

三月二十三日，《马关条约》签订，老李的"卖国"使命，随之告一段落。

回国后，老李把条约文本、关于谈判过程的奏折和那件血色官服，都派人送到紫禁城，他本人则居留天津养伤。

不久紫禁城传来消息，说皇太后把老李那件血色官服在宁寿宫张挂了好些日子，久久凝视并暗自垂泪。

那时候有很多清流党纷纷上折弹劾老李，欲拿下他的项上人头。老李心说，你们也不问问皇太后于心何忍？

老李确信，是小山的那一枪救了他的命。

河豚宴

光绪二十六年九月，李鸿章以老迈之躯，不远万里，奉旨北上，为庚子事变料理善后。

老李一路上都在心里嘀咕，不知我李二先生此番与十一国列强互喷口水，是救国耶？抑或卖国耶？

进京不足一月，便有民间传言，说偌大北京城，只有两处院落属于大清国土，一是庆亲王奕劻的府邸，二是老李下榻的贤良寺。盖此二人皆是钦差全权议和大臣，洋人当施以稍许尊重之故也。

身在庚子，老李脑子想的却是甲午。

老李自谓，鸿章少年科第，壮年戎马，中年封疆，晚年洋务。一路扶摇，遭遇不为不幸。怎奈无端发生中日甲午之战，至一生事业扫地无余……

深秋夜凉，玉蟾凄惶。老李内心重峦叠嶂，徘徊于贤良寺院中古槐之下，郁闷难解，无奈中吩咐下人唤儿子经方来陪，传几句真话给他。

老李告诉经方："我办了一辈子的事，练兵也，海军也，都是纸糊的老虎。何尝能实在放手办理？不过勉强涂饰，虚有其表，不揭破犹可敷衍一时。如一间破屋，由裱糊匠东补西贴，居然成一净室，虽明知为纸片糊裱，然究竟决不定里面是何等材料，即有小小风雨，打成几个窟窿，随时补葺，

235

亦可支吾对付。”

经方沉思良久，幽幽说道：“在您看来，八国联军事端，是小小风雨，还是暴风骤雨？”

老李回他：“暴风骤雨。”

随后老李把话题荡开，跟经方讲起光绪二十一年二三月间，在马关跟日本议和的事。

议和的事，经方大多知道。他时任驻日外交公使，也是大清议和代表团的副使，于公于私，有事都不该瞒他。但有些屑小事件，他不曾亲历，老李不说他就不会知道。

老李觉得现在不妨说给他听了。

议和使团从天津出海，原定行期是二月十九日，不料总理衙门来电：“行期十七最吉，十八次之，十九破日不宜。”

堂堂总理衙门，至此在军事外交层面均束手无策，唯一能做的，是为使团选择一个黄道吉日。

使团乘坐的海晏和新裕号商船，在白河之内，走走停停磨蹭两天。真正走出海口，还是十九日。这样做有原因。谈判日期已经确定，使团去得过早，或者逾时未到，都有失大国体面，总得“不先不后”才好。

使团法律顾问，美国人科士达讽刺说，这叫哄哄老天爷。

经方闻言哼了一声，似乎对此举有些不屑。他可以不屑，但总理衙门的话，老李不能不听。

抵达马关，经方与老李每日相随，大小事端无所不知。但谈判最后一日，即三月二十三日，签署《马关条约》以及相关附属条约以后，有件事经方就有所不知了。

预定签约时间是上午十点。这是中日双方在春帆楼的第七次会谈，也是最后一次。谈判代表四人，日本首相伊藤博文，外相陆奥宗光，加上老李和经方。

老李和经方按时到达春帆楼。而应该提前到达的允签电谕却没有消息，不知是电路障碍还是朝中某人的故意。若是故意，那就还有后话。不过到此境地，即便谁要弄事，老李也豁出去了。时局如斯，倘再不签约，待停战期过，倭寇必将挺进京畿饮马黄河。更可惧者，列强若趁机哄然而起，瓜分豆剖之势必不可阻，泱泱五千年之中华有陷入陆沉之危。老李街头遇刺，血染朝服，报国之心，已昭昭于天地之间，更有何惧？

经方所不知者，乃签约之后，伊藤将老李请进别室作何计较。

老李问经方："签约之后，陆奥与你单独说些什么？"

经方回复："只是说些闲话。"

随即反问："伊藤与您做何事？"

老李回他："吃河豚。"

伊藤与老李隔桌对坐，桌上有两盘河豚和一瓶清酒。春帆楼的河豚闻名东瀛，只是谈判期间，老李日夜焦灼，无丝毫品尝美食的心境，故而并不知味。

不知伊藤要卖何药，老李一动不动，静静看他。

伊藤说："和约已签，李中堂是否满意？"

老李说："不满意。贵大臣是否满意？"

伊藤不接话茬另说一套："十年前我在天津时，已与中堂谈及贵国维新自强事宜，为何至今仍无变更？今日之事，本大臣深为抱歉。"

老李说："时闻贵大臣谈论及此，不胜佩服，且深佩贵大臣为变革俗尚，以至于此。我国之事，囿于习俗，未能如愿以偿。当时贵大臣相劝云，中国地广人众，变革诸政，应由渐来。今转瞬十年，依然如故，本大臣更为抱歉，自惭心有余而力不足而已。"

伊藤说："中堂谦逊。若我在贵国，也未必比中堂做得更好。"

老李对曰："贵大臣若在我国，便是大清之福。"

那时候老李根本不会想到，三年后戊戌变法期间，正赶上伊藤下野，前来大清访问，光绪竟有意聘他为客卿指导维新，随即引起朝政巨变，延之于庚子，祸事叠叠不可问矣。

叹息良久，老李又问经方："可知伊藤为何请我吃河豚？"

经方摇头。老李于是给他背诵了一段苏轼的短文《河之鱼》："河之鱼，有豚其名者。游于桥间，而触其柱，不知远去。怒其柱之触己也，则张颊植鬣，怒腹而浮于水，久之莫动。飞鸢过而攫之，磔其腹而食之……"

稍顿，老李扭头直视经方："自马关归来，我多次吟诵这篇《河之鱼》。你知道其寓意何在吗？"

经方回答："知道。苏轼是说，河豚遇挫而不知罪己，死不足惜。"

随后经方问道："伊藤的河豚宴，是善意提醒还是恶意讽刺？"

老李心想，经方天真了，事到如今探究善恶又有何用？

老李心里这样想，嘴上却缓缓说道："从此我只做个敲钟的和尚，活一天，敲一天。"

说罢心中一阵阵刺痛。

贤良寺

光绪二十七年八月十四日，北京来电，"相国病危，嘱速来京"。直隶布政使周馥接电后稍作安排便飞身上马，从保定向北京疾驰而去。

电文中的"相国"，指的是大学士李鸿章，官场习惯，也叫李中堂。

本年七月二十五日，老李和庆亲王奕劻在《辛丑条约》上签字，此举意味着与十一国列强达成和平局面，至此大清国急剧跳动了很久的心脏，才渐渐平稳下来。

八月二十四日，慈禧与光绪自西安起驾回銮。

周馥在官场算不得正途出身，别说进士，连举人也不曾考取。多亏老李多年提携，才有今日地位。老李对他甚厚，他曾发誓终生追随，不离不弃。

周馥二十六岁那年，迫于生计，应招去了曾国藩的湘军幕府，做一区区文牍，每月薪资只有六两银子。那时老李也在曾帅的幕府做事，薪资也是每月六两。这位年长十四岁的仁兄见周馥家庭负累较重，执意每月送他三两银子。从那时起，周馥就甘当老李的马前走卒。

后来周馥跟随老李在淮军做事，再后来随老李在直隶办理洋务和军务，在老李的关照下，周馥从县丞、知县、知州升到道台，只用了七个年头，五十刚过便做了直隶按察使。

周馥听说老李在《辛丑条约》签约当日便吐血不止，"紫黑色，有大块"，"痰咳不支，饮食不进"，此后身体状况一直不佳，不料竟至危境，思来让人心碎。

第二日周馥赶到贤良寺，见老李病情已略有好转，这才稍稍放下心来。自此服侍左右，直到老李驾鹤西游。

老李四十年来，每至京城，必住贤良寺。有清以来，寺院大多兼有驿站功能，贤良寺也不例外。它之所以获得老李青睐，主因是离紫禁城较近，往来方便。

其实不光是老李，朝廷大员曾国藩、左宗棠、张之洞、刘坤一等，来京公干，也都住过此庙邸。

光绪二十一年中日议和之后，老李曾有半年多时间，闲居贤良寺西三跨院。那时候，老李因《马关条约》的签署而成众矢之的，连市井匹夫也都风传"李二先生是汉奸"，此外还有朝中权贵的倾轧，一度把他排挤在官场边缘。老李倒是看得开，正好闭门谢客，修身养性。每日卯时起床，稍进餐点后，或读《资治通鉴》数页，或临摹《圣教序》字帖一纸。午饭后更进浓粥一碗，鸡汁一杯。少顷，再服参汤一盏。然后脱去长袍，短衣负手，出廊下散步，非严寒冰雪不御长衣。从廊下此端到彼端，往返数十次，即牵帘回屋，再进参汤一盏，暝坐皮椅之上，一仆从为他按捏两腿……凡历数十百日，皆无一变更。

此事系由老李的幕僚、曾国藩的孙女婿吴永写信告知周馥。那时周馥很为老李担心，怕他熬不过仕途的严寒。不过还好，光绪二十二年春，老李被派遣出使俄国，参加俄皇尼古拉二世的加冕典礼，并顺路访问德英法美各国，在列强之间掀起一场"李鸿章热"，还在美国发明了一道大菜，叫个什么"李鸿章杂碎"。

那次访问让老李确定了联俄抗日的外交路线，为大清日后外交局面的跌宕和个人命运的走向，投下了一丝阴影。这是老李始料不及的事。

九月十九日，老李病情大有好转，不顾左右劝阻，执意奔赴俄国驻京公使馆议事。半日后归来，呕血碗许，医生诊断，系胃部出血导致。

九月二十一日，老李胃部略感舒适，睡眠安静，白日能靠床坐起，这才与周馥交代呕血根由。原来那俄国公使雷萨尔，以东北拒不撤兵为要挟，逼迫老李签署新的满洲条约。日本闻讯，几次照会清廷，若中国答应俄国条件，日本不惜再次开战。太后下旨，不得与俄国签约。

老李感喟，夹缝之中，弱者难活矣！

九月二十五日，老李神清气爽，整日所谈，皆大清外交事务。周馥事后想来，老李的表现，不过是回光返照而已。

九月二十六日，老李不省人事之际，接到清廷电谕，传达太后的抚慰，说"为国宣劳，忧勤致疾，著赏假十日，安心调理，以期早日就痊，俟大局全定，荣膺懋赏，有厚望焉"。

当日雷萨尔请见，周馥以老李病笃坚辞，那厮不听，硬闯进来，在老李病榻之侧跳脚聒噪，逼他在条约上签字，又强迫周馥等人拿出全权大臣官印。老李闭目，亦不搭话，好像睡着一般。前来探视的直隶提督马玉昆目睹雷萨尔的嚣张，牙齿咬得咯咯作响。

雷萨尔折腾了一个时辰才悻悻而去。这厮甫一离开，周馥便忍不住大放悲声，老李闻声陡然睁开眼睛，把身边人吓了一跳。

周馥赶紧安慰老李："俄国人说，中堂去后，他绝不与大清为难。"

老李无语，只眼睁睁看着众人。直到第二天午时，老李已着殓衣，还是眼睁睁看着众人。

周馥抚之大哭，说："老夫子，你有何心思不忍去耶？公所经手事，我辈可以办理，请放心去罢。"

老李张口，却说不出话，两眼泪珠爆滚。

周馥轻轻抚摸老李的眼皮，抚摸很久，老李才缓缓闭上眼睛。

老李安息后第三天，《纽约时报》报道说："跟俄国驻华公使雷萨尔为满洲条约问题的激烈争论，直接导致李鸿章的逝世。"

至此周馥才明了一句古语的真正含义，那句古语叫作"鞠躬尽瘁，死而后已"。

慈禧听到老李逝世的消息，一时"震悼失次"，而随驾官员"无不拥顾错愕，如梁倾栋折，骤失倚恃者"。

这话是伴驾官员吴永后来跟周馥说的，说完泪如泉涌。

白鱼祭

　　宫崎滔天发誓要做豪杰，他觉得这也是父母对他的期待。他父亲生前常在武馆内与众弟子纵酒号叫，挥刀起舞，做慷慨悲歌之状。母亲受其影响，常对宫崎念叨："死于枕席，是男儿最大耻辱。"

　　宫崎二十三岁那年，确切说是明治二十七年春三月，他的豪杰梦正式启动。要点是：先救中国，再救印度，之后是整个东亚与南亚。报纸上说，东亚与南亚必须以日本为龙头，结为强大的联合体，才能与西方列强并肩而立。这便是日本当时流行的所谓大亚洲主义。

　　宫崎从故乡熊本县出发去东京。他要拜会一个名叫金玉均的朝鲜人。此君是朝鲜开化党领袖，明治十七年，发动甲申政变，连杀七位守旧大臣，模仿明治维新推动朝鲜变法自强，不料政变第三天，被袁世凯率领驻扎在朝鲜的清兵击败，无奈亡命日本。

　　从面见金玉均那时开始，直到晚年，宫崎一直尊称他为"先生"。金的英武与睿智，让宫崎终生难忘。

　　金玉钧心中藏有一个反攻朝鲜的周密计划，虽屡遭挫折，仍奋斗不息。在宫崎眼里，金是豪杰中的豪杰，宫崎要追随金的脚步，跟他一道流芳千古。

　　在首都东京的皇城之南，有一片清澈的海域，叫品海。金玉钧远避俗客，隐居在海滨一隅。这是宫崎从福泽谕吉那里打听到的。福泽与金相交甚密，金初到日本便住在福泽家里。

宫崎扣门求见，说出福泽大名，金笑脸相迎。让进雅室，见座上已有两位宾客，正把酒清谈。宫崎默听半日，趁隙以目光向金示意，有要事需密谈。金微微点头，迅即举杯收酒送客出门。回身，命侍女走告某人，他要泛舟海上。

夜色已深，皓月当空，清风阵阵。苍穹之下，一叶渔舟，不疾不徐。渔夫二人，一操桨，一收网，欸乃之间，时有鱼虾被拽出水面。

在渔舟与海浪的撞击声里，在风声和桨声里，在鱼虾的腥气里，宫崎与金玉钧把酒共话。

宫崎言辞滔滔，说家世，说理想，说豪情，说中国，说日本，说朝鲜，说愿做金的走卒，为亚洲复兴，捐此蝼蚁之身。

金玉钧默默聆听。宫崎清晰看见他脸上有泪水的闪光。

金玉钧终于开口："我知道东亚的关键在中国。问题是，如何说服清廷变法自强？"

停顿片刻，金玉钧又说："我已做出决定，近日去中国拜访一位要人，往返不超过三周。详情暂时保密。你等我消息，待我归后再详谈。"

宫崎闻言眼前顿时一亮，感觉有一道金光陡然平铺在品海之上，那道金光指向遥远的北京。

金玉钧比宫崎年长二十岁，对一个愣头青的来访，金能如此真诚相待，怎不让人感慨唏嘘？

宫崎向金玉钧鞠躬致谢，敬酒一杯，金接过酒杯一饮而尽。

少顷，金玉钧忽生雅兴，仰头对月，吟诵一首中国古诗，疑似与月有关。吟罢问宫崎："你懂这首诗的意思吗？"

宫崎哪里懂啊。那时候他还没有学会中文，即便学会了也未必懂得。

宫崎摇头晃脑表示不知，金玉钧哈哈大笑。笑声未了，忽听收网的渔夫一声惊叫，随即一条白鱼凌空跳进狭小的船舱，正好落在酒桌上。

金玉钧大叫："天降吉兆！"说完将那条一尺多长的白鱼捧在手里，用朝鲜语祝告片刻，起身放它入海。

很多年后宫崎才知道，金玉钧所说的"吉兆"，原是一个中国典故，出自《史记·周本纪》，说的是：武王伐纣，渡河之际，有白鱼跃入舟中，武王取而祭之，进而夺得天下。

金玉钧和宫崎都没想到，品海的白鱼之跃，竟然是凶兆。

辞别金玉钧十天以后，宫崎从报上看到消息，说金在上海遇刺，凶手和金的遗体都被中国移交到朝鲜，朝鲜国王下令将金凌迟并示众。日本舆论顿时沸腾，以为这是中朝两国对日本的侮辱。福泽撰写文章，说凌迟一事，是"日本人的感情所完全不能谅解的"。

宫崎去品海之滨参加先生的葬礼，为他设立衣冠塚。前来吊唁者不下千人。人群里有一装束简朴的女士引起宫崎的注意。此女看似三十出头，面貌姣好，仪态从容，其悲泣之状，让人揣测她跟金的关系可能非同寻常。

葬礼结束，宫崎主动上前跟那位女士搭话。他想多知道一些金的讯息，以慰心灵之痛。

女士将她与金的关系全盘道出，果然如宫崎所料，是男女间的至亲至爱。女士名字中有一"玉"字，宫崎从此称她"玉女侠"。

玉女侠不知金去中国的目的何在，但她为金此行变卖了所有家产充当旅费，这番大义之举让宫崎肃然起敬。临别，玉女侠挥泪对宫崎说："经此一劫，我以后怕是要流落风尘了吧。"

玉女侠后来果然流落风尘，而宫崎在为中国革命呼号奔走的窘迫中，竟然还得到过她的慷慨资助。

金玉钧之死，让中日关系变得紧张。同年朝鲜东学党起义，导致两国相继出兵，那紧张更是一天天地揪心。不久日本大举征兵，很多人都在猜测，中日之战不可避免。

宫崎对家人说："看样子我得出国躲一躲，否则会应征入伍……"

话没说完，宫崎听见他母亲大喝一声："没出息的东西，你给我滚出去！"

看着脸色涨红、浑身颤抖的母亲，宫崎忍不住朗声大笑，就像金玉钧在渔舟上那样。这是金死后，宫崎第一次大笑。

宫崎把内心的豪杰梦说给母亲听，老人家喜极而泣，说此志足以告慰宫崎他父亲的在天之灵。

宫崎后来追随孙文，为中国革命奔走十几年而一事无成，晚年有回忆录《三十三年之梦》问世，书中一再捶胸顿足。

拯救康有为

明治三十一年，也就是公历 1898 年，清廷大搞变法维新期间，日本浪人宫崎滔天在香港和广东之间来回奔波，仓皇之极。

宫崎紧紧追随孙文的革命党，同时对康有为等维新派也不反感。康在京城一度成为王佐之臣，声望震于四海，其在广东的友人弟子等等，也就是俗称康党的那些人，气焰也为之大张。但孙党对康党非常憎恶，将他们看作是投降异族帝王的变节分子，是中国的叛徒。两党党徒之间互相倾轧，势同水火。宫崎说他像个蹩脚的外交家，在他们之间左右盘桓。

为了中国的未来，宫崎一次又一次唇干舌燥。

那天宫崎受广州革命党邀请，参加他们的秘密聚会。那是一次让人难忘的聚会，多年之后宫崎仍然记忆犹新。他在回忆录《三十三年之梦》中说："那儿真是个酒池肉林，我们高谈阔论，极尽浮生半日的欢乐。"酒后某君"邀请我们去游花船……歌妓十数人相陪。她们最初认为我是从山东来的贵客，极尽款待，情爱渐恰，几将成一夕之欢……"

当晚，宫崎在宾馆接到香港友人的电报："急事速回。"

第二天宫崎匆匆赶往香港，问友人何事，答："北京发生政变，光绪被毒死。"

宫崎吓了一跳："消息准确吗？"

答："传闻。"

此后几日，宫崎的旅邸门庭若市。消息极为混乱，有说康已被捕，有说已经逃走。孙党来人说"良机可乘"，康党来人说"恐系讹传"，但基本事实可以确定，政变是真的。

宫崎派助手田间火速赶往广东万木草堂，通知康的家人和学生，做好潜逃准备。

隔日傍晚，田间带领康的数十名学生赶到旅邸，说康发过电报，令解散草堂，各自逃命。

未久，康乘英国邮船，并在该国军舰的保护下抵达香港，被暂时安置在警察署，躲避外界耳目。

官方只允许康的两名门生相见。此后连续多日，都由这两名门生在宫崎和康之间传递消息。康对宫崎关照其弟子的行为表达谢意，同时好像也知道宫崎是革命党的马前卒，于是让弟子反复刺探宫崎的政治态度。

这期间宫崎得知，康对下一步的去处很是犹豫。但他没有更多选择，要么日本，要么英国。宫崎主动拜访日本驻香港领事馆为康说项，上野领事答应以私人身份见康一面。两人谈得还好，上野很快由冰冷的外交家变成热情洋溢的"同情家"，为康赴日一事积极斡旋。

在宫崎和康之间负责联络的，一个是《知新报》主笔，也是康为女儿聘请的家庭教师，姓何；另一个是万木草堂的干事，姓王。

何王二位某日在宫崎面前拿出两张纸片，说是光绪皇帝的密电。一封给康，指令他速跟日本驻华公使矢野文雄联系，求他襄助一臂之力；一封给日本内阁总理大臣兼外相大隈重信，说"康有为丞欲亡命日本，谨请保护"。

两封电报都极其可疑，事后证明果然是康的谎言，但宫崎愿意将错就错，促成康的日本之行。

上野把这两封电报都发了出去，可一等再等，连续数日不见回音。康的两位门生每日前来询问，急得抓耳挠腮。

一周后接到矢野的电报，四个字："等候信件。"

信件姗姗而至，却是满纸含糊其辞，谁都看不出是什么意思。上野按捺不住，给大隈伯爵再发一封电报。回电很快到达："康有为如若前来，我方会予以适当之保护。"

哇塞！

宫崎把这消息转告给康，康传话，要跟他面谈。

宫崎觉得康这人做事不痛快，有忸怩之嫌，本不想去，考虑大局为重，还是决定见见。

没想到出现在宫崎面前的康改革家，竟然蓬头污面，满脸愁容。

康说："欢迎宫崎先生。"

宫崎回复："为了中国，康先生辛苦了。"

康说："感谢侠士同情。"

之后康便开始长篇大论，从政变缘由讲起，一直讲到落难香港，洋洋数万言，大有一泻千里之势。

讲到最后，康说："目前情形来看，我还拿不准去日本好呢还是去英国更好。"

宫崎一愣，想到刚才康的长谈，谈到英国军舰予以保护时他那溢于言表的沾沾自喜，不禁生出满腔厌恶。

宫崎不动声色地说："英国对先生有深情厚谊，若先生辜负他们而去日本，该国会对日本产生嫉妒之心，而先生来不来我国，对我国利益无关紧要。为先生计，不妨先到英国一游。"

话音刚落，宫崎看见康的脸色瞬间变得苍白。

这时康的几名弟子闯进门来，带来一个坏消息：清廷派遣李盛铎替代黄遵宪担任驻日公使。

康眼巴巴瞅着宫崎，说："李是荣禄的心腹，我的政敌。我若去了日本，必被他所害，侠士对此有何看法？"

没等宫崎开口，康的门生便纷纷议论开来，主流意见是，康去日本会有性命之忧。

宫崎听得不耐烦，厉声喝道："康门弟子何其胆小，若先生不幸遇难，弟子应该替他完成遗志，否则你们将东躲西藏苟且偷生，一辈子无所作为。"

众门生面面相觑。

康为宫崎鼓掌："按侠士的意见办，你们谁都不要再阻拦了。"

几天后宫崎陪伴康和他的门生，坐河内号客轮奔赴日本，与提前赴日的梁启超会合。

康刚到日本时大受社会各界人士欢迎，宫崎也因之被人瞩目，终日放歌纵酒，好不快活。其间宫崎这丑八怪还博得一美女的欢心。那美女有一个好听的名字，叫小野留香。

日本人的秉性是易喜易厌，几个月后，康被多方冷落，无奈之下转向欧美寻求出路，而小野留香也弃宫崎而去。

宫崎好一通忙活，结果是竹篮打水。

胡八爷

民国初年，瓦城出一奇人，姓胡，名鼎铭，在家行八，人称胡八爷。此人身怀异秉，携一腔好酒量，写一手好文章。早年在东北军做事，文士习性，与军旅多有抵触，酒后受长官叱责，一时激愤，辞职去了京城。彼时北洋大员轮流坐庄，胡八爷的一手好文章便派上用场，为得意政客充当幕僚，做些文案勾当，换些银两度日。闲时写点扯淡或不太扯淡的篇什，拿到各家报刊发表，竟一时文名鹊起，与周作人、张恨水等文坛大佬，也都攀上了交情。

胡八爷最让朋友钦佩同时也最让朋友头痛的地方，是性格过于耿直。

胡八爷常跟幕主发生争执，几次下来，幕主忍无可忍，便一脚将他踹开。胡八爷恶名外溢，一时半会儿，竟无人再敢聘他。

胡八爷的朋友，都轮流自掏腰包为他"资酒"，连周作人也曾"资"过他一回。

说"资酒"不说"资饭"，是一种别样的春秋笔法，说者气壮，闻者会心。

胡八爷的朋友有时也会为他介绍新朋友。或者直说，为他寻找新的资助者。胡八爷故作糊涂，坦然笑纳。

有人给他介绍了一名日本医生，胡八爷一听名字就火了，陡然拍案，大声叫道："我就是穷得卖裤子，也不会用日本人的钱买酒，他若真心相助，就以我胡八的名义，把钱捐赠给东北义勇军吧。"

这条件过于苛刻，那个名叫矢原谦吉的日本医生自然不能答应。奇怪的是，矢原对胡八爷的态度并不在意，哈哈一笑也就罢了。

矢原在北京行医多年，医术高超，为人宽厚，与民国政府的军政要员以及富商显贵，多有来往。抗日战争爆发后，他因拒绝充当侵华日军的军医而迁居德国，二战结束后又迁居美国。

矢原是一个消极的反战主义者。这种人，在历次战争中，都有很多。和平环境下当然也有，只不过你很难发觉。

矢原晚年，想起他的第二故乡燕京，提笔写了一本书，取名《谦庐随笔》。书中所写全是他侨居燕京时期的旧人旧事，其中有五篇短文提到胡八爷。

矢原说，还真是巧了，在胡八爷拒绝他"资酒"的第三天，他们竟然坐到一个酒桌上了。偏偏两个人还挨着坐，不知是主人的刻意安排还是就坐时的随意。总之，胡八爷知道身边坐的是矢原，矢原知道身边坐的是胡八爷。

酒过三巡，宴席上的气氛越发随意。矢原主动向胡八爷示好，谦虚地向胡八爷请教读书问题。矢原的问题是，汉语典籍甚多，不知先读什么才好。

胡八爷表现得很爽快："我会赠你一本书，改天送去。"

两天后，胡八爷到矢原的诊所拜访，带了一本书，是戚继光的《纪效新书》。

矢原用日本人惯用的姿势，向胡八爷深鞠一躬，说："谢谢。"

胡八爷得意地笑了。

其实矢原早就知道，《纪效新书》写的是戚继光在东南沿海抗击倭寇期间的练兵和治军经验。

把一本抗日的中国古书送给日本人，大概只有胡八爷才做得出来。

胡八爷一连奚落矢原两回，但矢原似乎并不在意，日后照常跟胡八爷来往。没承想，一来二去的，两人竟然成为无话不谈的挚友。

胡八爷经常到矢原府上，两人一边聊天一边喝白兰地。

矢原说胡八爷擅长相术，尤其擅长用三五根火柴占卜凶吉。西北军的元老、冯玉祥的亲信张允荣被委以重任，扬扬自得，一次请胡八爷看相，没想到胡八爷只寥寥说了几句，便闭口不言。

张颇为不悦，对胡八爷嚷嚷："你刚才所说，我的朋友都知道，你能不能说点他们不知道的？"

胡八爷瞅着对方，忽然用手一指桌上的茶壶，说："奇怪，奇怪，好大一把茶壶啊！"

张闻言色变，陪坐的几位朋友赶紧把话题扯到别处。

矢原事后才知道，张年轻时曾在妓院里打杂，这一职业的别称就叫大茶壶。

矢原对胡八爷翘起大拇指，说："你的，大大的厉害！"

胡八爷又一次得意地笑了。

谁知不久胡八爷就出事了，出了大事。

某夜大醉，胡八爷只身一人去了丰台区的黑窑。所谓黑窑，就是日本人开的大烟馆。那时候，日本势力已经浸入华北，时常来找中国的麻烦。胡八爷作为中国人，也时常去找日本人的麻烦。

黑窑里不管白天黑夜都挤满了烟客，男女都有，倒在破烂的苇席上，曲着身子，自顾自地抽大烟。

胡八爷非常憎恨那些烟客，想把他们都赶出去，可他手无缚鸡之力，自忖不能胜任。还没等想出好主意，突然一口痰上来，他灵机一动，咔，用力吐了出去，吐到烟客的烟榻前。

那阵子胡八爷痰多，矢原认为是呼吸道炎症，给他开了药。胡八爷有一搭没一搭吃着，不见明显好转。

正好，这痰就成了胡八爷驱赶烟客的武器。

每吐完一口，胡八爷便用力咳嗽，然后再吐。

胡八爷一步一咳，一步一吐。

大烟馆里很快有了骚动。烟客们都起身骂娘。烟客骂娘是小事，关键是，这种地方，从来都养着凶狠的打手。

那些做馆主或股东的日本人，很少在烟馆里露面，平时都由打手掌控秩序。

几个打手出来，先将胡八爷一顿暴打，随后把他拖出门去。

第二天一早，有人在丰台火车站附近的火车轨道上，发现了一具尸体。尸体被火车碾压成两截。

矢原正苦于找不到胡八爷，看见报纸上登出"无名尸体"的新闻，赶紧去看，一眼就认出来了。

胡八爷无儿无女，享年五十三岁。

矢原出资埋葬了胡八爷。办完丧事的那天夜里，矢原站在自家诊所门前，往卢沟桥方向张望了很久，心里一阵阵呼嗵。

彼时彼刻，卢沟桥枪声大作。

后 记

在我的文学生活里，微型小说的重要性可能会压倒其他一切文体，它伴我走过长达十余年的习步阶段，而且让我在动笔之初就有了"作家感"。作家感跟存在感一样，需要指认才能确立，就像花香需要蜂蝶的指认一样。说句老实话，倘若作家感迟迟不至，我很可能会放弃文学，去别处寻找荣誉。

某种原因，我曾一度疏远微型小说创作，全身心沉浸于近代史的阅读和叙事当中。我原本以为，我会借机告别这一短小的文体，走向文学性与学术性兼容的另一条写作之路。我在那条路上已经走出很远。我没想到，在疏远六年之后，也就是2017年，竟然还会接到微型小说的约稿。两家文学杂志的编辑，都是我的旧友，往日里积攒的醇厚友情，让我不忍心伤害他们分内的责任心，而我又不想继续往日的创作模式。犹豫几天之后，决定开启微型小说的新笔记系列。《老僧镜澄》《卖葱》《婶的凄凉调》等等，是新笔记的第一组作品。这组作品的面目，跟以往有了较大差异，我有意识地借鉴了文言笔记小说的叙述风貌，简洁朴实，自在悠闲，貌似清谈。

文言笔记小说是中国古典文学的一个分支，流脉非常清晰。我们可以将它分为两半，一半是"笔记"，一半是"小说"，然后再追究它们在源头上的含义。先说"笔记"。先贤认为，笔记是中国古代记录史学的一种文体，是随笔记录的野史，形式随便，诸如见闻杂录、考订辩证之类，都可归入。显然，这跟汉朝设立的官职"掌故"有关。大致可以说，笔记是"掌故"们的随笔所记。因"掌故"跟史官职责相仿，但偏向于"名流燕谈"的琐碎言语，故而视为野史。我们今天所说的掌故，其实就是野史的代名词。再论"小说"。这两个我们非常熟悉的字，在中文典籍中，最早见于《庄子·外物》，"饰小说以干县令"，是指琐屑之言，非道术所在。到汉代，连"小说家"的称呼也有了。班固《汉书·艺文志》："小说家者流，盖出于稗官。街谈巷语，道听途说者之所造也。""稗官"二字，通常解释为小官，地位显然要低于"掌故"。大概是因为人微言轻的缘故，班固对小说家颇为不屑，将他们列为诸子十家的最后一家，位于"可观者九家之外"。这样说来，"笔记"与"小说"，两者虽有含义重合的一面，但后者也有越界的一面。街谈巷语，哪能出口便是掌故？怕是连装疯卖傻、撒泼骂娘也是有的。

刚才是把"笔记小说"拆开了说，现在再把它们合起来，看看又是怎样一副面目。我手中存有一套上海古籍出版社出版的"历代笔记小说大观"丛书，从汉魏六朝到唐五代，到宋元，到明清，洋洋洒洒十九卷，每卷六十到八十万字，收录古典笔记小说二百余种。这部丛书有一篇刊在卷首的《出版说明》，为笔记小说下了这样一个定义："泛指一切用文言文写的志怪、传奇、杂录、琐闻、传记、随笔之类的著作，内容广泛驳杂，举凡天文地理、朝章国典、草木虫鱼、风俗民情、学术考证、鬼怪神仙、艳情传奇、笑话奇谈、逸事琐闻等等。"这个定义，宽泛得不得了，跟今天的小说概念，距离很远。这类作品，若是在汉代，只能制成高度为一尺的"短书"，而儒家经典，一律被制成两尺四寸，两者相比，尊卑一目了然。

我的新笔记，跟旧笔记的最大区别，便是摈弃非现代小说成分，诸如天文地理、朝章国典、草木鱼虫、学术考证、鬼怪神仙等驳杂元素，完全遵循现代小说的叙事规范。在形式上，注重"随笔记录"的书写感；在体量上，又无违微型小说的字数限定。

我在一篇短文《伴我半生的记述文》中，说自己的新笔记小说有两个关键词：一是悠闲，叙述上的悠闲；二是精细，细节中的精细。悠闲是文言笔记小说洒下的雨露，而精细，则是当代中短篇小说所照射的阳光。为了给自己的"精细论"寻找佐证，我把两位文学大咖，汪曾祺和毕飞宇，都请了出来。

汪曾祺在《小说笔谈》一文中，对悠闲和精细有独到论述。汪老说："写小说就是要把一件平平淡淡的事说得很有情致（世界上哪有许多惊心动魄的事呢）……要把一件事说得有滋有味，得要慢慢地说，不能着急，这样才能体察人情物理，审词定气，从而提神醒脑，引人入胜。"这是直接告诉我们，"慢慢地说"就是悠闲，或者反过来，悠闲就是"慢慢地说"。汪老还说："张岱记柳敬亭说武松打虎，武松到酒店里，蓦地一声，店中的空酒坛都嗡嗡作响，说他'闲中著色，精细至此'。"汪老随后补充一句："惟悠闲才能精细。"

毕飞宇在《看苍山绵延，听波涛汹涌》一文中提出一个观念，要把小说写透写干净。他以古典微型小说《促织》为例，说蒲松龄写一驼背巫，被主人公成名的妻子请到家里预测祸福，"红女白婆，填塞门户。入其舍，则密室垂帘，帘外设香几。问者爇香于鼎，再拜。巫从旁望空代祝，唇吻翕辟，不知何词"。最后一句的意思是，巫的嘴巴一张一合，不知说些什么。再往下，紧接着就写"少顷，帘内掷一纸出"，行不行呢？老毕觉得可以，我看也没什么问题。可是老毕特别强调，在"不知何词"之后，有了"各各竦立以听"，小说面目便骤然一变，写透写干净了。我为此说点赞。区区六个字，冷峻，又精细。

严格说来，写透写干净与写得精细，是一个意思。

收录在本书中的五十几篇作品，是我五年来新笔记小说的精选，三分之二以上篇幅，在发表后被《小说选刊》《微型小说选刊》《小小说选刊》及各种文学选本转载，也有数篇获奖作品和入选中国小说排行榜的作品在内。

作为新笔记小说丛书的一种，《美人尖》能够顺利出版，得益于百花洲文艺出版社张越兄的创意和操持，在向他致谢的同时，也感念他多年来对我持续不断的加持。我在写作上的成长，跟他大有关联。

侯德云

2022 年 12 月 28 日